Dieses Buch ist der unveränderte Reprint einer älteren Ausgabe.

Erschienen bei FISCHER Digital

Printed in Germany
ISB

Fischer

Weiterführende Informationen finden Sie unter
www.fischerverlage.de

1.

Mein Opa hat mich nie wirklich verlassen. Ja, ich meine das genau so, wie ich es sage: Er ist immer bei mir geblieben.

Ich habe das schon während der Beerdigung gespürt. Alle heulten, als der Sarg ins offene Grab abgesenkt wurde. Ich selbst habe Blumen hineingeworfen, und ich wusste dennoch: Mein Opa ist bei mir. Er hat sein Wort gehalten!

Er sprach damals schon zu mir. Ich dachte anfangs noch, es seien meine eigenen Gedanken, aber in Wirklichkeit war er es. Er machte sich über Tante Hedwig lustig, die verlogene Kuh. Sie schluchzte am lautesten und sah aus, als würde sie am liebsten ins Grab hinterherspringen. Dabei wusste doch jeder, dass sie Opa nicht leiden konnte. Kein gutes Haar hat sie an ihm gelassen. Seine Angelleidenschaft hat sie nur verspottet.

Ihr Lieblingssatz, wenn ich von Opa kam, war: »Robert, du stinkst wieder nach Fisch, genau wie dein Opa!«

Mein Opa heißt Robert. Robert Sonntag. Als ich geboren wurde, bestand er darauf, dass ich nach ihm getauft wurde. Witzigerweise heißt mein Vater auch Robert. Allerdings war sein Nachname Müller – bis er Mama heiratete. Er nahm bei der Hochzeit ihren Namen an. Opa passte das gar nicht. Wenn er sauer auf Papa war, nannte er ihn immer »Herr Müller«.

So war Opa Robert Sonntag der Erste. Mein Papa glaubte nun, er würde Robert Sonntag der Zweite. Aber Opa war dagegen. Papa ist zwar im Vorstand der Firma, doch Robert Sonntag der Zweite bin ich.

Tante Hedwig ist Papas einzige Schwester. Sie hat immer alles ein bisschen übertrieben. Oder, wie Opa sagte: »Alles, was sie macht, ist eine Spur zu dick. Genau wie sie selbst. Sie merkt es aber nicht, deshalb lacht sie über ihre eigenen Witze am lautesten und kauft sich grundsätzlich Sachen, die eine Nummer zu eng sind.«

Das flüsterte Opa beim Begräbnis in mein Ohr oder pflanzte es sonst wie in meine Gedanken. Ich hatte keine Ahnung, jedenfalls musste ich grinsen, und das am offenen Grab. Wo er doch gestorben war! Mein Opa. Mein Lieblingsopa. Der Einzige, der immer zu mir gehalten hat. Mein Opa, der mir ein Holzschwert geschnitzt hat, als meine Eltern mir nicht mal ein Gummimesser erlauben wollten. Er hatte Verständnis für Jungs, die noch nicht genau wussten, ob sie Ritter werden wollten oder Piraten.

Als Tante Hedwig sich vorbeugte, lenkte Opa meinen Blick auf den Reißverschluss an ihrem Kleid, der überm Hintern spannte. »Er wird platzen«, versprach Opa mir. »Glaub's mir, Robert. Noch heute. Gleich bei meiner Beerdigungsfeier gibt es Streuselkuchen und Schwarzwälder Kirschtorte. Da kann sie nicht widerstehen.«

Ich spürte meinen Opa so nah bei mir, dass ich mich umdrehte. Gut. Da war niemand. Oder genauer gesagt, ich konnte niemanden sehen. Und alle hier versammelten Trauergäste hätten geschworen, dass Opa dort in dem geschlossenen Sarg lag. Unter ihnen eine Menge studierter Leute. Lehrer, Ärzte, Anwälte ... War ich der Einzige, der spürte, dass das, was dort beerdigt wurde, nicht mehr war als eine Hülle? Das, was ich an ihm geliebt hatte, sein Witz, seine Großzügigkeit, seine halsstarrige Art, zu mir zu halten, all das hatte überlebt. Es war hier. Es klebte an mir wie der Kaugummi an meinem Schuh.

Ich sah ihnen in die Augen. Meine Mama, mein Papa, der stellvertretende Direktor, der Verlaufsleiter. Kriegte keiner von ihnen mit, was geschah?

Vielleicht, dachte ich, entscheidet Opa, zu wem er redet und zu wem nicht. Vielleicht kann ihn nur der Mensch spüren, der ihn am meisten geliebt hat.

Bei diesem Gedanken traten auch mir Tränen in die Augen.

»Na endlich«, lachte mein Opa. »Die Leute gucken schon komisch. Du bist der Einzige, der nicht heult.«

Es gab dann tatsächlich Streuselkuchen und Schwarzwälder Kirschtorte, genau wie er prophezeit hatte. Opa versprach mir, dass Tante Hedwig gleich mit dem Löffel die Sahnerosette von der Torte abheben würde, um sie dann in ihren Kaffee einzurühren.

Genau so geschah es auch schon eine knappe Minute später.

Mir war Kaffee zu bitter. Ich bat um einen Kakao. Der schmeckte furchtbar, aber ich beschwerte mich nicht. Kinder, die sich beschweren, kriegen zu viel Aufmerksamkeit. Ich war froh, in Ruhe gelassen zu werden.

Opa hatte recht. Tante Hedwig aß auch das zweite Stück Torte, und noch während die ersten Schnäpse getrunken wurden, platzte die Naht an ihrem Reißverschluss auf. Sie beugte sich gerade zu Freddy Frambach, dem jungen Verkaufsleiter, vor und flüsterte ihm etwas ins Ohr. In der Nähe von Männern, die ihre Söhne sein könnten, blühte Tante Hedwig immer besonders auf. Ihre Stimme wurde dann schriller als sonst, ihre Augen glänzten und sie lachte zu laut. Auch ihre Bewegungen wurden größer. Sie wirkte dann auf mich, als hätte sie kein Blut mehr in den Adern, sondern Sprudelwasser.

Ihr Reißverschluss platzte mit diesem unverwechselbaren Geräusch aus der Naht. Ich glaubte, Opas Lachen zu hören, aber ich war es selbst. Die Erwachsenen sahen mich an. Tante Hedwig eilte mit hochrotem Kopf zur Toilette.

Ich konnte die tadelnden Blicke der Erwachsenen kaum ertragen. Meine Mutter nahm mich in Schutz. Sie sagte, es sei der Schock und ich hätte halt eine besonders tiefe Bindung zu meinem Opa gehabt und man möge mir doch verzeihen.

So war meine Mama. Mit ausgewogenen Worten versuchte sie, den Dingen die Spitze zu nehmen. Sie machte aus jedem Streit eine angeregte Diskussion, aus jeder noch so schlimmen Peinlichkeit ein kleines Missgeschick. Als sie geboren wurde, sollte sie bestimmt eine Art Friedensengel werden. Sie studierte dann aber doch lieber Kunstgeschichte und widmete sich meiner Erziehung, wenn sie gerade mal Zeit dafür hatte.

Zeit war sowieso das größte Problem. Auch jetzt, auf der Beerdigung. Papa zog sich mit den Herren von der Leitungsebene, wie er sie gern nannte, in den Nebenraum zurück. Er verteilte dort teure kubanische Zigarren, und sie pafften den Raum voll, bis ihre maßgeschneiderten Anzüge stanken. Ich glaube, niemals hätte Papa einen Nichtraucher mit in die Geschäftsführung genommen. Er rauchte mindestens drei Havannas am Tag.

Dass die Dinger sehr teuer sind, erfuhr ich durch Marga, unsere Putzfrau. Sie hatte Papas Zigarrenschrank offen gelassen. Eine Todsünde. Da drin musste nämlich immer die gleiche Luftfeuchtigkeit herrschen, damit seine wertvollen Stücke nicht austrockneten.

Marga bat mich, meinem Vater nichts davon zu erzählen, denn eine dieser Zigarren würde mehr kosten, als sie am Tag verdiente. Ich weiß nicht, ob sie übertrieb. Aber ich hielt den Mund, denn ich spürte ihre Angst, zur Rechenschaft gezogen zu werden.

Tante Hedwig kam von der Toilette zurück. Sie hielt ihren Rock mit einer Sicherheitsnadel zusammen. Um ihr zu entfliehen, wollte ich in Papas Raucherclub. Die Männer sprachen dort über Geschäftsanteile und neue Arbeitsbereiche. Ich interessierte mich dafür nicht besonders und verstand nur so viel: Jetzt, nach Opas Tod, musste Papa die Geschäftsführung übernehmen.

Abends dann erklärte Mama mir das Ganze noch einmal in Ruhe. Papa würde in Zukunft noch weniger Zeit für »uns« haben. Ja, sie sagte »uns«. Denn er müsse jetzt Opas Aufgaben mit übernehmen und deshalb müsste Pa für einige Monate nach Amerika.

Als sie mein Schlafzimmer verlassen hatte, spürte ich Opas Anwesenheit wieder deutlich. Er nahm fast den ganzen Raum ein. Es war, als würde ich mich in ihm befinden.

Er konnte über Mamas Worte nur lachen. Niemand hat jemals so viel Zeit für mich gehabt wie mein Opa. Komisch. Ihm gehörte der ganze Laden. Er hatte das alles »aus dem Nichts« aufgebaut. Aber er war nie so hektisch und so durchgedreht gewesen wie die Typen aus Papas Raucherclub.

Ich erinnerte mich daran, wie Opa mir zum ersten Mal die Fabrikhallen zeigte. Er hielt mich auf dem Arm und ich spürte seinen Stolz. Ich weiß nicht, ob er so stolz auf mich, seinen Enkel, war oder auf dieses Werk. Vielleicht war er auch einfach nur ein stolzer Mann. Seine Firma stellte alles her, was man in einem Badezimmer gebrauchen kann. Kacheln, Fliesen, Wannen – mir gefielen die Klos besonders gut. Er stellte mich seinen Arbeitern als den »neuen Chef« vor. Sie lachten und hielten mir ihre Hände zum Schütteln hin. In der Verpackungsabteilung hatte ich alle Scheu verloren und wollte wirklich eine Hand nehmen und schütteln. Aber sie kam mir so unglaublich groß vor. Ich umfasste dann nur den Zeigefinger und schüttelte den. Solche Finger hatte ich vorher noch nie gesehen oder angefasst. Sie waren groß, grob und schwielig. Ganz anders als die Hände von meinem Vater, meiner Mutter oder auch meinem Opa.

»Das wird alles einmal dir gehören, wenn ich nicht mehr bin«, sagte Opa.

Ich saß inzwischen aufrecht im Bett. Warum kamen ausgerechnet jetzt diese Erinnerungen? Es war, als sei das Ganze ein Film, den Opa mir in meinem Kopf vorspielte. Er wollte, dass ich mich daran erinnere. Warum? Immer wieder hörte ich diese Worte: »Das wird alles einmal dir gehören.«

Ich stand auf und ging durch das Zimmer. Ich hielt die Hände vor mich gerichtet, die Handteller offen und bewegte mich ganz langsam, Zentimeter für Zentimeter. Ich war barfuß und spürte den Teppich unter den Zehen, aber ich versuchte, mich auf die Handflächen zu konzentrieren. Ich hatte das Gefühl, Opa ertasten zu können. Er war hier. Keine Frage. Aber nicht wie ein lebendiger Körper, den man anfassen kann. Trotzdem spürbar, auch auf der Haut. So merkwürdig es klingt, die Dunkelheit im Zimmer half mir dabei. Ich knipste kein Licht an, aus Angst, ihn zu vertreiben.

»Opa«, fragte ich, »bist du hier? Hat deine Seele den Körper verlassen und ist jetzt hier bei mir?«

In meinen Handflächen kribbelte es, und mir war, als würde mich sein Pfefferminzatem anwehen. Ich weiß nicht, ob seine Worte durch meine Ohren in meinen Kopf kamen oder ob sie in meinem Kopf entstanden. Aber ich konnte sie deutlich verstehen: »Die Seele«, sagte mein Opa, »wohnt nicht im Körper, Robert. Die Menschen denken, der Körper sei die Hülle für die Seele. Das ist ein Irrtum. Die Seele hüllt den Körper ein. Es ist wie ein Kokon.«

»Opa, bist du das wirklich? Oder werde ich jetzt verrückt?«, fragte ich unsicher. Aber ich bekam keine Antwort mehr.

Ich tastete noch eine Weile das Zimmer ab, dann legte ich mich völlig erschöpft schlafen. Ich stellte mir vor, dass auch mein Körper in meiner Seele wohnte. Es war ein gutes Gefühl. Es machte mich irgendwie größer, weiter. Vor meinem inneren Auge stellte ich mir vor, dass meine Seele jetzt so groß war wie mein ganzes Zimmer. Ich schlief in mir.

2.

Als ich am anderen Morgen zur Schule ging, begleitete mein Opa mich.

Im Laufe der nächsten Monate sprach er immer wieder mit mir. Leider lief das alles nicht ganz so locker, wie ich erhofft hatte. Natürlich glaubte ich, mir nie wieder um eine Mathearbeit Sorgen machen zu müssen, denn mein Opa hatte einen Betrieb mit mehr als zweihundert Beschäftigten alleine in Deutschland und gut tausend weltweit geführt. Da muss man schon ein guter Rechner sein. Allerdings ließ Opa mich bei jeder Mathearbeit schnöde hängen. Er sagte mir nie die Ergebnisse vor, dabei wäre es für ihn bestimmt ein Leichtes gewesen. Er half mir nicht bei den Hausaufgaben, und er hatte auch keine Idee, was ich Mama zum Geburtstag schenken könnte.

Ich dachte schon, er habe mich verlassen und sich endgültig ins Totenreich verzogen, wo immer das sein mag, doch dann passierte der Unfall.

Ich hatte eine Reitstunde. Ich saß auf Sausewind, der seinen Namen zu Recht trug. Er ging mit mir durch. Die Zäune waren für ihn ein Witz. Ich hatte die Zügel verloren und flog nur noch so im Sattel hin und her. Ich krampfte mich in Sausewinds Mähne fest. Im Galopp überquerten wir die Bundesstraße. Hinter mir hörte ich die Stimme meines Opas. Ich fuhr herum. Mir war sogar, als würde ich sein Gesicht sehen. Er schrie: »Nimm die Füße aus den Steigbügeln und spring ab, Junge! Spring ab!«

Dann wurde ich durch die Luft gewirbelt. Ich sah das Ganze von außen. Ich sah mich durch die Luft fliegen. Wie eine flimmernde Holografie stand mein Opa mitten auf der Straße und breitete die Arme aus, um mich aufzufangen. Aber das funktionierte nicht. Ich krachte durch seine Arme auf die Straße runter. Dann wurde alles schwarz.

Als Nächstes sah ich mich im Krankenwagen liegen. Jemand presste mit seinen Händen auf meinem Brustkorb herum. Sie führten Schläuche durch meine Nase ein. Ich würgte. Ich hörte das Ticken von Geräten, das Zischen von Sauerstoff – und durch all das drang die Stimme von meinem Opa: »Du musst keine Angst haben«, sagte er zu mir, ohne die Lippen zu bewegen.

Ich fragte: »Opa, werde ich sterben?«

Er gab mir das Gefühl, dass der Tod nichts Schlimmes sei, aber dass meine Zeit noch nicht abgelaufen wäre.

Dies hier war keine Mathearbeit. Jetzt würde er mich nicht schnöde im Stich lassen. Das wusste ich. Ich konnte mich auf ihn verlassen. Jetzt blieb er bei mir. In jeder Sekunde.

Eine Weile sah ich noch die Sanitäter um mein Leben kämpfen. Ich hörte ihre Stimmen. Ihre verbissenen Gesichter signalisierten mir den Ernst der Lage. Sie gaben mir Elektroschocks, und ich flog auf der Liege herum, als sei ich schwerelos geworden. Ich sah das alles, obwohl meine Augen geschlossen waren. Es war, als würde ich über mir schweben.

Dann trat ich wieder ein in die Dunkelheit, in eine Welt, in der es nur noch Stimmen gab. Opa und mich. Diese Welt war ohne Zeit. Ohne Hunger, ohne Schmerzen und ohne Angst.

Ein Tunnel tat sich auf. Er war rund, spiralförmig, sehr lang und führte am Ende zum Licht. Ich fand diesen Tunnel ungeheuer verlockend. Ich wollte unbedingt hinein, hingehen zu diesem Licht. Es war, als sei dort meine eigentliche Heimat, mein Zuhause. Der Ort, von dem ich gekommen war und an den ich jetzt wieder zurück sollte.

Fröhlich lief ich hin, meinem Glück entgegen, doch da gab es eine Kraft, die mich zurückhielt. Es war mein Opa. Ich wollte ihn davon überzeugen, doch mit mir zu gehen, hinein ins Licht. Aber Opa weigerte sich. Er wollte mich nicht gehen lassen.

»Es ist schön dahinter, Opa!«, sagte ich. »Leicht und frei. Dort wohnen alle Seelen. Ich fühle es genau. Dort gehörst auch du eigentlich hin.«

Er gab mir recht, bestand jedoch trotzdem darauf, zu bleiben. Es sei noch nicht so weit, sagte er. Irgendwann würde ich durch diesen Tunnel ins Licht gehen. Aber jetzt noch nicht. »Du hast noch ein Leben zu leben und eine Aufgabe zu erfüllen. Der Tunnel kommt später dran.«

Aber ich wollte nichts von Aufgaben wissen. Das größte Abenteuer schien dort vorne auf mich zu warten. Das Licht am Ende des Tunnels.

Opa wurde richtig sauer. »Was glaubst du, warum ich bei dir geblieben bin?«, fragte er.

»Weil du mich liebst?«

Jetzt wurde mir ganz komisch. Ich glaube, ein Nein hätte ich nicht gut ertragen.

»Natürlich liebe ich dich«, sagte er und ich war ehrlich erleichtert. »Doch das ist nicht alles. Ich bin bei dir geblieben, damit du deine schwere Aufgabe bewältigen kannst.«

»Aber Opa, was soll das sein? Was für eine Aufgabe? Ich bin ein kleiner Junge. Ich ...«

Ich weiß nicht, ob er mich immer weiter vom Licht wegzog oder ob der Tunnel sich entfernte. Jedenfalls wurde das Licht am Ende immer kleiner. Gleich würde ich es nicht mehr sehen können. Ich spürte es genau.

Ich war verzweifelt, hin- und hergerissen.

Wie kommt es, fragte ich mich, dass ich so genau weiß, was mich am anderen Ende des Tunnels erwartet? Es ist, als sei ich diesen Weg schon oft gegangen. Sehr oft. Als sei dieses Wissen in mir gespeichert wie in einer geheimen Bibliothek.

Ich begann mir das Leben vorzustellen wie eine Art Spiel. Opa hatte oft *Mensch ärgere Dich nicht* mit mir gespielt. Später dann *Monopoly.* Vielleicht ist das Leben eine Art Spielbrett und wir sind die Püppchen. Die Spielfiguren. Wir rennen los, um zu einem bestimmten Ziel zu gelangen, um eine Aufgabe zu erfüllen. Manchmal werden wir von Mitspielern zwischendurch hinausgeschmissen. Aber damit ist das Spiel noch lange nicht zu Ende. Wenn wir vom Spielbrett fliegen, sprich, wenn wir sterben, bevor wir unsere Aufgabe erfüllt haben, kommen wir durch den Tunnel wieder zurück. Gehen auf *Start* und legen noch einmal los.

Vielleicht hatte Opa mir deshalb so viele Brettspiele beigebracht. Damit ich lernen konnte, das Leben zu betrachten. Wie stolz war er, als ich ihn zum ersten Mal im Schach geschlagen hatte! Allen hatte er davon erzählt, als sei es sein Sieg gewesen.

Ja, so war mein Opa. Er ärgerte sich nicht über seine Niederlage. Er freute sich über meinen Sieg.

Ich wurde erfüllt von dem tiefen Glück, dass ich bei so einem Menschen aufwachsen durfte. Dass er in meiner Nähe war.

Meine Muskeln krampften sich zu einem heiseren Schrei der Dankbarkeit zusammen. Ich öffnete die Augen und sah Neonröhren über mir. Ich befand mich im Krankenhaus.

Neben meinem Bett stand ein Arzt. Er sah älter aus, als mein Opa geworden ist. Und neben ihm stand eine junge Krankenschwester.

»Er hat versucht zu sprechen«, versicherte sie. »Ganz sicher.«

»Ja«, sagte der Arzt. »Er ist aus dem Koma zurück.«

Es wurde ein anstrengender Tag für mich. Ich konnte wieder Schmerzen empfinden. Das Licht im Zimmer war viel zu grell. Die Menschen zu laut. Aber da waren Gerüche, die mir gefielen. Vanille. Erdbeeren. Und frisch gebratener Fisch. Zander. Als hätte mein Opa ihn für mich gefangen.

3.

Dann saß meine Mutter an meinem Bett, völlig verheult. Sie hielt meine rechte Hand und tätschelte sie immer wieder, was mir sehr wehtat, denn ich hatte noch Schläuche in den Adern, und es kam mir so vor, als würden die Blutbahnen in meinem Körper klingen wie morsche Wasserleitungen. Beim Sprechen tat mein Hals weh, als hätte ich seit Jahren nichts mehr getrunken.

Mama sprach immer wieder von einem Wunder, das eingetreten sei, und dass sie es immer gewusst und mich nie aufgegeben habe. Sie fragte den Arzt, ob ich denn wieder ganz normal werden würde. Er konnte ihr das nicht versprechen.

Ganz normal, dachte ich, was heißt schon ganz normal? Wenn man zum Beispiel so bescheuert ist wie Tante Hedwig, ist man dann ganz normal?

Ich kam mir nicht dümmer vor, sondern eher weiser,

fröhlicher, gelassener als vorher. Ich war wieder eingetreten in das Spiel des Lebens und musste nun danach Ausschau halten, welche Aufgabe ich zu erfüllen hatte.

Ich begriff bald, dass ich sehr lange im Koma gewesen sein musste, denn meine Eltern lebten inzwischen nicht mehr zusammen. Wenn Mama über Papa sprach, waren ihre Worte nicht mehr ganz so wohlklingend wie früher. Sie hörte sich eher anklagend an. Verletzt. Fast rachsüchtig. Die Scheidung war noch nicht vollzogen, der Krieg in vollem Gange. Es ging um Geld. Um sehr viel Geld. Um Opas Fabrik.

Sehen, hören, riechen, fühlen – all das hatte ich sehr schnell zurück. Schwieriger wurde es schon, zu laufen, zu essen und von den Schläuchen loszukommen. Ich wusste jetzt auch, wie lange ich im Koma gelegen hatte: Hundertsechsundneunzig Tage und siebeneinhalb Stunden.

Mama wollte wissen, ob ich irgendetwas erlebt hätte. Ich begriff, dass sie oft bei mir gewesen war. Wahrscheinlich hatte sie in diesen hundertsechsundneunzig Tagen mehr Zeit mit mir verbracht als jemals zuvor.

Die junge, nette Krankenschwester, von der ich nun auch den Namen wusste – auf ihrem Schildchen stand Michaela, sie wurde aber von allen Michi genannt –, erzählte mir, dass Mama in der ersten Zeit praktisch neben meinem Bett geschlafen hatte. Natürlich war es für meine Mutter wichtig zu wissen, ob ich etwas davon mitgekriegt hatte. Sollte ich ihr jetzt wirklich sagen, dass mein Opa mich zurückgerufen hatte und nicht sie? Ich war so gerührt von ihrer Sorge um mich, dass ich ihr das einfach nicht antun konnte. Ich versicherte ihr, ich hätte immer gespürt, dass jemand da war und dass mich jemand liebte. Sie fing sofort wieder an zu heulen.

Es war auch ein Psychologe da, der sich unbedingt mal mit mir unterhalten wollte. Das sei bei allen Komapatienten üblich. Ich war mir nicht sicher, ob ich ihm von dem Tunnel erzählen sollte. Er sah aus, als könnte er es vertragen. Ich wollte mein Erlebnis lieber zuerst an ihm testen, als Mama direkt damit zu schockieren.

Er nickte verständnisvoll und erzählte mir, dass es vielen Komapatienten so gegangen sei wie mir. Angeblich hatte er diese Geschichte schon oft gehört. Auch Menschen, die man nach einem Unfall schon für tot gehalten hatte und die dann durch Reanimation wieder ins Leben zurückkamen, berichteten von solchen Erlebnissen.

Es tat mir gut, dass er das sagte, denn so wurde meine heimliche Angst, vielleicht verrückt geworden zu sein, kleiner.

Von meinem Opa erzählte ich ihm nichts. Das wäre mir vorgekommen wie ein Verrat.

Es ging mir langsam besser. Ich konnte schon allein bis zur Toilette gehen. Je mehr mein Körper zu Kräften kam, umso größer wurde meine Lust an Brettspielen. Ich drängte jeden Besucher zu einer Partie. Aber entweder war meine Mutter für Mühle und Dame völlig ungeeignet oder sie ließ mich aus Mitleid immer nur gewinnen.

Schwester Michi war schon ein schwererer Brocken. Eine richtig ernst zu nehmende Gegnerin. Sie konnte so geschickt Zwickmühlen bauen, dass ich sie erst erkannte, wenn sie sich schlossen. Sie gab mir jedes Mal eine Revanche. Wir sprachen wenig beim Spiel. Wir spielten halt, um zu spielen. Meine Mama dagegen redete die ganze Zeit wie ein Wasserfall und vergaß sogar zu ziehen. Wenn sie nicht von mir daran erinnert wurde, vergaß sie jeden zweiten Zug. Mein häufigster Satz bei den Spielen mit ihr war: »Mama, du bist dran.«

Nur einmal kam ich mit Schwester Michi in ein Gespräch. Wir waren gerade beim Schach. Mein Läufer brachte ihre Dame in echte Bedrängnis und meine Pferde waren nur einen Sprung weit vom Geschehen entfernt, da fragte sie mich ganz unvermittelt: »Glaubst du an Gott?«

So etwas hatte mich bisher noch nie jemand beim Schach gefragt. Ich antwortete nicht. Ich sah sie einfach nur an. Während sie ihre Dame in Sicherheit brachte und trotzig einen Turm vor meinen Pferden aufbaute, beantwortete sie ihre Frage selber: »Ich schon. Wenn man hier arbeitet, wird man gläubig.«

Jetzt vergaß ich zu ziehen, denn ich spürte, dass dies nur der Anfang war. Sie wollte mir etwas sagen. Ich nahm einen Schluck von dem abgestandenen Mineralwasser, das sie hier so gerne an die Kranken verteilten, und wartete.

Schwester Michis Wangen röteten sich. Schämte sie sich?

»Ich habe deinen Schutzengel gespürt«, flüsterte sie. Sie sagte es mit dem Blick aufs Schachbrett, und sie sagte es sehr, sehr leise, so als wollte sie ihre Dame vor meinen Pferden warnen.

»Manchmal, wenn ich hereinkam, um deine Temperatur zu messen, war es, als müsste ich …«, sie schluckte, »durch ihn hindurchgehen. Er ist sehr stark. Und er ist ständig bei dir.«

»Ich weiß«, sagte ich. »Ich weiß.«

Dann spielten wir weiter, als ob nichts geschehen wäre. Wir redeten nie wieder darüber. Doch wenn wir uns ansahen, lag etwas Komplizenhaftes in unseren Blicken. Wäre ich ein paar Jahre älter gewesen, ich hätte ihr auf der Stelle einen Heiratsantrag gemacht.

Ach ja, ich gewann das Spiel übrigens. Ihre Konzentration ließ nach. Ich nahm mit dem Pferd ihren Turm, konnte dann ihre Dame an den Rand des Spielfelds treiben und den König matt setzen.

Sie baute die Figuren sofort wieder auf. »Ein neues Spiel?«, fragte sie. Ich musste an das Licht am Ende des

Tunnels denken und sagte: »Na klar. Das Spiel des Lebens geht weiter.«

Ich wette, sie kapierte, was ich damit sagen wollte. Sie war wahrscheinlich der einzige Mensch auf der Welt, der es verstand.

4.

Als ich aus dem Krankenhaus nach Hause kam, durfte ich im Schlafzimmer meiner Eltern schlafen. Auf Papas Seite, denn der war ja nicht mehr da.

Und bald konnte ich auch wieder zur Schule gehen. So ein Körper erholt sich erstaunlich schnell. Meine Muskeln waren längst wieder fit, ich hätte reiten gehen können, fischen – ich sollte sogar, mit ausdrücklicher Empfehlung des Arztes, wieder am Sportunterricht teilnehmen.

Obwohl mein Körper wieder voll einsatzfähig war, als sei überhaupt nichts passiert, hinkte meine Seele all dem noch hinterher. Ja, genauso kam es mir vor. Man hatte meinen Körper repariert wie ein kaputtes Auto. Die Maschine lief jetzt wieder auf Hochtouren, aber da war etwas in mir, das Aufmerksamkeit erforderte. Ich nahm am Sportunterricht teil, ohne wirklich dabei zu sein. Ich machte die Übungen wahrscheinlich sogar sehr gut, denn ich wurde von meinem Sportlehrer, Herrn Schallau, gelobt, weil ich trotz meines schweren Unfalls wieder voll mitmachte. Gegen meinen Willen benutzte er mich als Beispiel für die faulen Schüler. Das war eine sehr undankbare Rolle, und ich hatte überhaupt keine Lust, sie zu spielen.

Ein Gefühl ließ mich nicht los: Das Gefühl, ich sei nicht dieser Körper. Ich benutzte ihn nur wie ein Werkzeug. Ich konnte meinen Händen befehlen, diese blöden, herunterhängenden Seile zu packen und mich ganz schnell daran hochzuziehen. Es ging. Ich staunte selbst darüber, wie sehr die Muskeln mir gehorchten. Ja, das war es. Ich begann, meinen Körper immer mehr als Werkzeug zu empfinden, das ich besaß. Wie ein Fahrrad oder einen Füller. Und ich benutzte dieses Werkzeug immer geschickter. Trotzdem hatte ich keine Lust, reiten zu gehen. Auch das Fischen interessierte mich nur noch, weil es mich an Opa erinnerte. Ich hoffte, dass er bald wieder zu mir sprechen würde. Doch Opa blieb mir fern.

Ich fragte mich, ob er, nachdem ich aus dem Koma erwacht war, vielleicht seine Aufgabe erfüllt hatte. Vielleicht war er nun zu den Seinen gegangen.

Ich war wütend auf ihn. Er konnte mich doch jetzt nicht so einfach im Stich lassen! Erst rettete er mich, schubste mich zurück in dieses Leben, und jetzt, da ich das Spiel noch einmal spielte, wusste ich noch nicht mal, was meine Aufgabe war.

Meine alten Freunde kamen mich dauernd besuchen. Es war mir schon irgendwie lästig. So wie sie leicht verlegen vor der Tür standen, hatte ich den Eindruck, dass ihre Eltern sie schickten. Ich wurde zu Geburtstagen eingeladen, und manchmal kam es mir vor, als würde ich meinen Körper hinschicken, damit er teilnahm, ich selbst aber hielt mich aus der ganzen Sache raus.

Die Späße meiner ehemaligen Freunde interessierten mich nicht mehr wirklich. Sie kamen mir blöd vor. Ich merkte gar nicht, wie arrogant ich geworden war. Ich fühlte mich ihnen überlegen, ließ sie das jedoch nicht wissen. Bestimmt haben sie es trotzdem gespürt und es hat sie irre beleidigt. Aber ich konnte damals nicht anders. Ich war keiner mehr von ihnen.

Immer wieder träumte ich von dem Licht am Ende des Tunnels. Es zog mich dorthin.

5.

Dann ging alles ganz schnell. Mama hatte einen anderen. Sie hielt es zwar geheim, aber ich merkte es sofort. Nein, das hat Opa mir nicht erzählt. Ich kam von selbst drauf.

Mein Opa war auf Tauchstation. Manchmal, wenn ich in besonders klaren Nächten am offenen Fenster stand und in den Sternenhimmel sah, dann bekam ich das Gefühl, Kontakt zu ihm zu haben. Es war allerdings kein Gespräch mehr, sondern mehr ein fernes Winken. Eine Art Postkarte aus dem Universum, belanglos, wie Postkarten nun mal sind. Es stand ähnlicher Quatsch drauf wie auf allen Postkarten: »Es geht mir gut, und ich hoffe, wir sehen uns bald wieder.«

Mama verhielt sich plötzlich anders. Nicht, dass sie sich nun übermäßig schminkte und scharfe Klamotten anzog – nein, keineswegs. Meine Mutter hatte schon immer großen Wert auf ihr Äußeres gelegt. Sie wäre nie ungeschminkt aus dem Haus gegangen. Nein, es waren ganz andere Sachen. Ein Name fiel jetzt besonders oft: Tom Kretschmann. Tom Kretschmann sagt, Tom Kretschmann meint – ich wusste gleich, woher der Wind wehte. Schon als ich seinen Namen zum ersten Mal hörte.

Nun, zunächst störte mich das nicht, aber ich ahnte, dass ich bald aus dem Schlafzimmer herausfliegen würde. Immer öfter hob Mama hervor, wie toll und groß doch mein Zimmer sei und wie viele Kinder mich darum beneiden würden. Es hätte mir nicht viel ausgemacht, wieder in mein Zimmer zurückzuziehen. So konnte ich wenigstens vor dem Einschlafen ungestört fernsehen. Aber es kam schlimmer.

Noch bevor ich Tom Kretschmann kennenlernte, schoben sie mich auf ein Internat ab.

Es war natürlich das beste und tollste Internat aller Zeiten. Mama schilderte es in schillernden Farben, um mich heiß darauf zu machen. Es war zwar eine Schule, aber im Grunde hatten es die Erbauer direkt dem Paradies nachempfunden. Beste Luft, schönste Landschaft, die verständnisvollsten Lehrer, der modernste Unterricht, eine Reit- und eine Tennishalle und ein wunderbares Gemeinschaftsgefühl würden auf mich warten. Freundschaften fürs Leben würden hier geschlossen, hieß es. Aus dem Klassenzimmer blickte man nicht etwa auf Hochhäuser, sondern auf die schneebedeckten Spitzen der Schweizer Berge. Ein göttliches Panorama sollte den Geist beflügeln.

Die meisten Väter verdienten nicht so viel im Monat, wie meine Eltern für mich ausgaben, damit ich so leben konnte. Aber ich fühlte mich trotzdem nur abgeschoben und fragte mich, ob es nicht besser gewesen wäre, durch den Tunnel ins Licht zu gehen.

In den ersten drei Monaten im Internat erhielt ich zwei Postkarten von meinem Vater. Eine aus Las Vegas und eine aus Los Angeles. Einmal hatte er angerufen; da es hier aber schon Nacht war, hatte man ihn nicht mehr zu mir durchgestellt. Der Pförtner berichtete mir nur am anderen Tag, dass mein Vater am Telefon gewesen wäre.

Meine Mutter hatte mir drei Briefe geschrieben und sogar ein Paket geschickt. Ein Paket! Ich war hier mitten in der Schweiz, und sie schickte mir Schokolade, Handschuhe und Socken, die selbst gestrickt aussahen, es aber nicht waren. Wahrscheinlich hatte irgendeine Indiofrau in den Anden sie gestrickt, zumindest sahen die Farben so aus.

Mit Mama telefonierte ich öfter. Sie vermisste mich angeblich sehr, ihre Stimme klang aber nicht sehr glaubwürdig.

Sogar Tante Hedwig rief an, was ich allerdings ziemlich nervig fand, denn sie hatte immer Lebensweisheiten auf

Lager, die schon falsch gewesen waren, als sie sie von ihrer Mutter gelernt hatte.

Die ersten Ferien nahten, und es war bei mir nicht anders wie bei den meisten, deren Eltern getrennt lebten: Wir wussten nicht so genau, bei wem wir die Zeit verbringen sollten. Niemand wagte das Thema anzuschneiden. Wollte Papa mich wirklich in die USA holen und mit mir die Hollywoodstudios besuchen, wie er auf der letzten Postkarte angedeutet hatte? Oder waren jetzt doch irgendwelche wichtigen Geschäftstermine einzuhalten? Wollte Mama mich zu sich nach Hause holen oder war ich ihr und ihrem Tom Kretschmann im Weg?

Mamas Frage bei unserem letzten Telefongespräch, was denn meine Klassenkameraden die Ferien über machten, ließ mich Schlimmes ahnen. Wahrscheinlich würde sie bald vorschlagen, ich solle mit einer Jugendgruppe irgendwohin fahren. Ein Angelurlaub mit meinem Opa in Ungarn wäre mir am liebsten gewesen, aber in meinem Alter konnte man schlecht mit seinem toten Großvater alleine in Urlaub fahren.

6.

Und dann erschien plötzlich Freddy Frambach, der Verkaufsleiter der Firma, auf der Bildfläche. Ich sah den silbergrauen Jaguar die verschlungenen Wege zum Internat hochfahren. Solche Autos waren hier nichts Ungewöhnliches. Jeder zweite Vater fuhr einen Schlitten, der allen Menschen sagen sollte: Hier kommt ein Mann mit einer goldenen Kreditkarte und einem dicken Bankkonto.

Ich saß auf der Schulhofmauer, über mir der stahlblaue Himmel. Weil ich mich geweigert hatte, beim Sportunterricht mitzumachen, saß ich hier alleine.

Die Vögel gaben für mich ein Konzert. Ich blickte ins tiefe Tal hinab und beobachtete das Fahrzeug. Der Jaguar quälte sich durch die Serpentinen, vorbei an desinteressierten Kühen, hoch zu unserer Bildungsburg. Die Sonne wurde von der Windschutzscheibe und von den blitzenden Armaturen so heftig reflektiert, dass es manchmal aussah, als würde sich ein feuriger Diamant heraufwälzen. Nun konnte ich schon erkennen, dass der Wagen ein rotes Nummernschild hatte.

Ich wusste sofort, dass es Besuch für mich war, aber ich wäre nicht auf Freddy gekommen. Vielleicht mein Vater, der überraschend nach Zürich gereist war, um Geschäfte zu machen, und die Gelegenheit nutzte, bei seinem Sohn vorbeizuschauen. Mama hätte sich vorher angemeldet. Die war nie so spontan.

Aber dann sah ich unten auf dem Parkplatz den kurzen Bürstenhaarschnitt von Freddy. Er wirkte immer ein bisschen wie ein sonnenbankgebräunter Bodybuilder, der eigentlich gar keine Zeit zum Arbeiten hatte, sondern sich nur um seinen Körper und sein Aussehen kümmerte, aber ich wusste, dass er einer von Pas hart schuftenden Söldnern aus dem Raucherclub war. Wer bis dorthin kommen wollte, hatte kaum noch ein eigenes Leben. Die Mitglieder vom Raucherclub hatten in ihren Büros Sofas stehen, auf denen sie vermutlich öfter schliefen als zu Hause bei ihren Familien. Sofern sie überhaupt noch Familien hatten, wenn sie schon lange in der Firma waren. Zwölf Stunden am Tag waren ganz normal. Konferenzen, Besprechungen – ich wunderte mich darüber, was diese Männer alles tun mussten, um Klos zu verkaufen.

Mein Opa hatte das alles in den Anfängen bestimmt

ganz anders gemacht. Er war ein sehr entspannter, fröhlicher Mann. Er hatte mich einmal gewarnt. Er sagte: »Hüte dich vor Leuten mit verkniffenen Gesichtern.«

So wie Freddy auf den Schulhof zugelaufen kam, sah er aus wie die Typen, die Opa gemeint hatte. Ein verkniffeneres Gesicht hatte ich nie gesehen. Vom blendenden Sonnenlicht konnte das nicht kommen, denn er trug eine Sonnenbrille mit so tiefschwarz getönten Gläsern, dass ich mich fragte, ob er überhaupt etwas dadurch erkennen konnte. Er trat mir betont gut gelaunt gegenüber, leicht verschwitzt, obwohl die Klimaanlage in seinem Jaguar doch bestimmt gut funktionierte.

Was mir an Freddy gefiel, war, dass er nie so wertende Sätze draufhatte, die einen scheinbar groß machten, in Wirklichkeit aber klein halten sollten. Sprüche wie: »Mann, bist du groß geworden, ich hätte dich kaum wiedererkannt. Muss ich jetzt bald Sie zu dir sagen? Ich glaube, zu Weihnachten schenke ich dir einen Rasierapparat«, hörte ich nie von ihm. Die anderen Männer aus Papas Raucherclub liebten solche Sprüche.

Freddy führte ein paar angedeutete Boxhiebe auf mein Kinn aus. Solchen Blödsinn von Erwachsenen ertrug ich ganz gut. Ich war Schlimmeres gewöhnt.

Dann erklärte er mir ohne viel Umschweife, dass mein Papa in St. Moritz auf mich warten würde. »Er ist in seinem Lieblingshotel. Dreitausendsechshundert Meter hoch. Auf Muottas Muragl. Im ewigen Schnee.«

Ich verstand die Überraschung nicht ganz. Warum hatte Pa nicht angerufen?

Freddy winkte ab. Es habe sich eben so ergeben. Außerdem, wenn alles vorher verraten würde, dann wäre es ja keine Überraschung mehr.

Ich hatte eigentlich noch einen Tag Schule und durfte gar nicht weg, aber über solche Kleinigkeiten setzten Menschen wie Freddy oder mein Vater sich sowieso ständig hinweg. Papa nannte so etwas »Details«. Darum kümmerten sich bei ihm die Steuerberater oder die Rechtsanwälte. Er fällte immer nur die großen, grundsätzlichen Entscheidungen: Produzieren wir Marmortoiletten oder nicht? Machen wir in den USA fünf neue Filialen auf oder schließen wir einige Läden in Europa?

Nie wäre er auf die Idee gekommen, selber solche Toiletten zu verpacken oder Badezimmer einzubauen. Mit den Leuten, die eingestellt oder entlassen werden mussten, redete er auch nicht. Dafür hatte er einen Personalchef. Im Raucherclub saßen die Strategen, die Visionäre, die Planer, wie Pa sie nannte. Deren Ideen ausführen mussten dann andere.

So schickte er nun auch seinen Verkaufsleiter, um seinen Sohn abzuholen. Der Gedanke, selbst hierherzufahren, war ihm vermutlich überhaupt nicht gekommen. Immerhin schickte er keinen der unteren Angestellten, sondern jemanden aus dem Club. Wahrscheinlich musste ich mich noch geehrt fühlen.

Ich wollte meine Sachen packen, aber Freddy winkte ab. Das sei nicht nötig. Wir könnten in St. Moritz alles neu kaufen. Oder ob ich jetzt ernsthaft vorhätte, mit dem Wäschewaschen anzufangen?

Freddy schielte immer so komisch zum Schulgebäude hinüber, als wolle er nicht gesehen werden. Ich konnte zwar seine Augen hinter den schwarzen Gläsern der Sonnenbrille nicht erkennen, aber ich sah es an seinen kleinen Kopfbewegungen. Er drehte sich auch die ganze Zeit über so, dass er mit dem Rücken zu den Fenstern stand.

Natürlich machte es meinem Papa nichts aus, mir einfach neue Sachen zu kaufen. Wir hatten viele Probleme. Finanzielle gehörten nicht dazu. Aber ich wollte trotzdem ein paar persönliche Dinge mitnehmen. Ich brauchte eigentlich keinen Gürtel, aber ich trug trotzdem grundsätzlich nur Hosen, in die ich den Gürtel ziehen konnte, den mein Opa mir geschenkt hatte. Die Schnalle sah aus wie zwei große Flügel. Wenn man sie schloss, wurde daraus ein Adler.

Außerdem gefiel mir der Gedanke überhaupt nicht, in irgendwelchen Boutiquen herumzustehen und Klamotten anzuprobieren. Und ich wollte mich von meinen Klassenkameraden verabschieden und von den Lehrern.

Aber Freddy machte echt Druck. Ich solle mich nicht so anstellen. Er tippte auf seine Uhr. Er habe auch nicht ewig Zeit. Seine Freundin würde auf ihn warten. Eigentlich habe er Urlaub, und das hier sei nur eine Gefälligkeit für meinen Vater. Ich solle seine Zeit doch jetzt nicht überbeanspruchen.

»Ich beeil mich«, sagte ich und rannte ins Haus. Das gefiel Freddy gar nicht.

Ich packte nur eine kleine Tasche. Als ich schon auf dem Rückweg zum Auto war, fiel mir ein, dass ich den Akku für mein Handy vergessen hatte. Schnell lief ich noch mal hoch. Die anderen hatten immer noch Sport. Ich kam an der Halle vorbei, öffnete die Tür und rief nur: »Tschüs, Leute, ich fahr zu meinem Pa! Ich werd abgeholt!«

Ich ärgerte mich über mich selbst. Warum beeilte ich mich so? Der tauchte hier unangemeldet auf und ich musste in ein paar Minuten fertig sein. Es hätte ja auch sein können, dass wir gerade nicht Sport hatten, sondern Mathe oder Englisch. Hätte ich dann mitten im Unterricht aufstehen und mit Freddy kommen sollen? Manchmal meinten diese Typen aus dem Raucherclub, sie dürften alles. Nur wenn sie eine Konferenz hatten, dann durfte sie keiner stören.

Ich hatte im Werkraum begonnen, ein paar Holzfiguren zu schnitzen. Eine gefiel mir besonders gut. Plötzlich hatte sich aus dem Holz Opas Gesicht herausgeschält. Ich hatte gar nicht versucht, ihn darzustellen. Es wäre mir viel zu schwierig erschienen, doch was immer ich machte, es wurde ihm immer ähnlicher. Diesen Holzkopf wollte ich unbedingt mitnehmen, um in den Ferien daran weiterzuarbeiten. Vor allen Dingen wollte ich verhindern, dass irgendein anderer sein Talent am Kopf meines Opas ausprobierte.

Ich war dann doch ziemlich bepackt, als ich unten auf dem Schulhof erschien. Freddy war nicht mehr da. Ich blickte an der Mauer hinunter und sah ihn unten beim Jaguar. Ich winkte ihm zu: »Komm hoch!«, aber er wehrte ab und deutete mir, ich solle nach unten kommen. Ich stellte meine Taschen einfach oben ab, rannte runter und sagte zu ihm: »Das ist eine ziemliche Schlepperei. Warum kommst du nicht mit dem Wagen hoch? Du tust gerade so, als hättest du Angst, dass dich einer sieht.«

Freddy reagierte auf den Satz, als hätte ich ihn geschlagen. Er zuckte zusammen wie Menschen es tun, wenn sie einen stechenden Schmerz verspüren. Er fing sich aber sofort wieder und lachte: »Du hast wohl nichts in den Armen, Kleiner, was? Bist mehr eine Geistesgröße, hm?«

Jeder andere aus dem Raucherclub hätte sich sofort angeboten, mir die Sachen zu holen, denn keiner wollte es sich mit dem zukünftigen Chef verderben. Freddy trommelte nur nervös mit den Fingern auf dem Jaguardach herum und brummte: »Nun mach schon.«

Ich trottete hoch und holte meine Sachen. Wir verstauten alles hinten im Wagen, und ich nahm mir vor, meinen Papa später zu erzählen, wie doof sein Verkaufsleiter sich benahm.

Beim Fahren musste Freddy die Sonnenbrille abnehmen. Als wir vom Parkplatz fuhren, rollte der Hausmeister uns mit seinem dunkelblauen Volvo entgegen. Freddy drehte sich schnell zu mir herüber, als wolle er sich vergewissern, dass ich auch angeschnallt sei. Doch jetzt, im Nachhinein, weiß ich, er wollte nur verhindern, dass der Hausmeister sein Gesicht sah.

7.

Wir fuhren ein paar Kilometer. Für meinen Geschmack gab Freddy viel zu viel Gas und nahm die Kurven zu rasant. So eilig hatte ich es nun auch wieder nicht, meinen Vater zu sehen.

Ich sah auf mein Handy. Komisch, dachte ich, Papa hätte mir wenigstens eine SMS schicken können. Freddy wurde nervös. Er bat mich, mein Handy auszuschalten.

»Warum?«, fragte ich.

Mit diesem typischen, belehrenden, nörgelnden Erwachsenenton wollte er wissen, ob ich noch nie etwas davon gehört hätte, dass ein Handy die technischen Geräte störe. Es seien schon Flugzeuge abgestürzt deswegen. Wer an Bord sein Handy anmachte, gefährdete das Leben aller.

»Wir sitzen doch hier nicht in einer Boeing 707! Das ist kein Transatlantikflug!«

Er riss mir das Handy aus der Hand und steckte es in die Tasche an der Fahrertür.

»Hey! Gib mir mein Handy wieder! Was soll das?«

»Komm, dreh jetzt nicht durch, Kleiner. Ich kann Handys nicht ausstehen. Die Klingeltöne machen mich krank.«

»Ich hab's auf *Lautlos* stehen. Ich will nur ein paar SMS verschicken.«

Er schwieg und kaute auf der Unterlippe herum. Mir wurde ganz anders. Irgendwie bekam ich Schiss. Niemand wagte es, sich mir gegenüber so zu verhalten. Immerhin würde ich später einmal die Fabrik erben. Alle waren abhängig von meinen Eltern, von meinem Opa, und irgendwie wirkte sich das auf mich aus. Ich wurde mit äußerster Wertschätzung behandelt. Oft war mir das lästig. Ich erkannte ihr falsches Getue sofort. Ich durfte mir Sachen rausnehmen, dafür hätten sie ihre eigenen Kinder bestimmt bestraft.

Ich wurde innerlich ganz kalt, weil ein Erwachsener plötzlich so mit mir umging wie Freddy. Ich kannte das nicht.

»Genieß lieber die Landschaft. Guck dir das an. Das ist doch einfach prächtig!« Er zeigte runter ins Tal. Als ob ich noch nie Berge gesehen hätte!

Seine Stimme wurde laut. Merkwürdig überdreht. »Am Ende deines Lebens bist du an all diesen schönen Dingen vorbeigerast und hast sie nicht zur Kenntnis genommen, weil du immer nur auf dein blödes Handydisplay gestarrt hast oder auf den Computerbildschirm. Lass dir das nicht entgehen, Junge. Sieh mal, das da, das ist die Wirklichkeit!«

»Ich kenne die Berge. Seit Monaten sehe ich nichts anderes. Ich möchte jetzt ein paar Nachrichten an meine Klassenkameraden verschicken. Und an meinen Papa. Außerdem hab ich Durst und ich muss dringend mal zur Toilette.«

Ich kam mir ziemlich mutig vor, weil ich ihm so viel Widerstand entgegensetzte. Ich hatte die Hoffnung, er würde an einem Gasthof halten. Das tat er aber nicht. Er bog, ohne das Tempo sonderlich zu verringern, in einen Waldweg ein, fuhr so weit, dass man uns von der Straße aus nicht mehr sehen konnte, und machte dann den Motor aus.

»Bitte schön, Kleiner. Hier kannst du pinkeln.«

Während ich hinter einen Baum ging, sah ich, dass er aus dem Handschuhfach Werkzeug holte. Einen Schraubendreher oder etwas Ähnliches. Vielleicht ein dünnes, langes Messer.

Mir war unheimlich zumute. Die Haare auf meiner Haut stellten sich auf. Wieso sprach der vom Ende meines Lebens? Was sollte das alles hier?

Ich überlegte, ob es nicht klüger sein könnte, einfach wegzurennen. Zum Beispiel ins Internat zurück. In den Schutz meiner Klassenkameraden und Lehrer. Es waren von hier aus höchstens zwanzig oder dreißig Kilometer. Ich konnte es gut vor Einbruch der Dunkelheit schaffen. Aber ich hätte nicht an der Straße entlang laufen können. Bestimmt würde Freddy die Straße abfahren und mich dann erwischen. Querfeldein war das steinige Gelände unwegsam. Ich hatte dafür nicht die richtigen Schuhe an. Die Gefahr, sich in diesen Bergen zu verlaufen, war groß.

Als ich zum Wagen zurückkam, sah ich Freddy zunächst nicht. Ich glaubte, er sei auch pinkeln gegangen. In der Seitentasche der Fahrertür suchte ich nach meinem Handy. Es war da. Aber die Batterie fehlte. Hatte er sie tatsächlich herausgenommen?

Ich spürte schon wieder Druck auf der Blase. So ist das, wenn man Angst bekommt. Man muss dauernd Wasser lassen, selbst wenn man gerade erst seinen Hosenstall geschlossen hat.

Da sah ich ihn: Er kniete vorne am Auto und schraubte an den Nummernschildern herum. Er hatte die roten Nummernschilder gegen schwarze ausgetauscht.

Ich musste nichts sagen. Freddy erkannte an meinem Blick, dass ich Angst hatte.

»Das kommt dir jetzt bestimmt komisch vor, was Kleiner? Ich hab den Wagen mit roten Nummernschildern aus der Werkstatt überführt. Die gelten nur für einen Tag. Ich hätte sie längst wechseln müssen. Ich hab's aber verpennt. Gerade ist es mir eingefallen. Jetzt ist alles wieder in Ordnung. Nachher kriegt man noch Ärger mit der Versicherung. Du hast ja keine Ahnung, wie eng die heutzutage so etwas sehen.«

Er packte mich, schob mich ins Auto und legte mir den Sicherheitsgurt um.

»Ich kann das selber!«, protestierte ich.

Sofort ließ er den Gurt los. »Jaja, ist ja schon in Ordnung. Ich wollte nur nett sein. Du kommst wohl langsam in die Pubertät, was? Dir kann man gar nichts mehr recht machen.«

Irgendwie beleidigt saß er neben mir und fuhr dann rückwärts aus dem Waldgrundstück heraus.

Wir schwiegen lange. Freddy fuhr konzentriert, warf nur ab und zu einen Blick auf mich. Die Landschaft draußen veränderte sich. Ich war zwar in Erdkunde nicht der Beste, aber eins war mir klar: Dies hier war nicht der Weg nach Muottas Muragl.

Ich schluckte und nahm all meinen Mut zusammen. Ich wunderte mich, wie wenig es war. Mein Herz flatterte wie ein aufgescheuchter Kolibri, aber ich schaffte es, die Worte auszusprechen: »Du bringst mich gar nicht zu meinem Vater. Was hast du mit mir vor?«

»Dreh jetzt nicht durch, Kleiner«, antwortete Freddy. »Das Ganze ist anders, als du denkst. Wenn wir uns gut verstehen, wird das alles kein Problem werden, und in ein paar Tagen ist die Sache vorüber.«

»Welche Sache?«

Ihm brach augenblicklich der Schweiß aus. Er hatte jetzt wieder diesen verkniffenen Blick, obwohl die Sonne ihm überhaupt nicht ins Gesicht schien. Wir hatten sie im Rücken.

»Kümmere dich nicht darum. Das ist Erwachsenenkram.«

»Willst du damit sagen, es geht mich nichts an?«

Freddy nickte, als hätte ich ihm endlich das passende Stichwort gegeben: »Ja. Ganz genau. Es geht dich nichts an.«

Ich fand sehr wohl, dass ich mich dafür interessieren sollte, was aus mir wurde. Etwas in mir wollte einfach nur schreien. Ich sah mich wieder wie von außen. Ich guckte nicht mehr durch die Scheiben in die Landschaft, sondern ich sah mich selbst auf dem Beifahrersitz angeschnallt blass und voller Furcht vor mich hin starren. Ich fühlte die Nähe des Todes. Vielleicht würde ich meinem Opa bald durch den Tunnel folgen.

Wo war er nur? Jetzt, Opa, könnte ich dich wirklich gut brauchen, dachte ich. Mit einem Mal hatte ich nur noch Spott für mich selbst übrig. Kam mir lächerlich vor. Wahrscheinlich hatte ich mir alles nur eingebildet, und mein Opa war ganz einfach gestorben, begraben worden, und fertig. Und ich hatte das einfach nicht wahrhaben wollen, weil er für mich viel wichtiger war als meine Mama und mein Papa zusammen.

Ich fühlte mich betrogen von der Welt, von meinen Eltern und natürlich von Freddy. Es tat mir entsetzlich leid, dass ich mich nicht mit den anderen auf dem Sportplatz um jeden Ball gezankt hatte, sondern stattdessen einem Toten nachgelaufen war, den ich noch für lebendig hielt.

Was hatte ich jetzt von diesem ganzen Seelenquatsch? Ein Mitarbeiter meines Vaters hatte mich entführt. Jawohl. Jetzt konnte ich es aussprechen: »Du hast mich entführt, Freddy. Das ist es.«

Ich konnte nicht schreien. Ich flüsterte diese Worte. Ich war heiser, als hätte ich gerade erst eine schlimme Grippe überstanden.

Er rechtfertigte sich nicht. Er schüttelte den Kopf, als sei das alles nicht wahr, und sagte dann: »Du wirst mir doch jetzt kein Theater machen, oder?«

Damit waren die Fronten deutlich. Ich schwieg.

Plötzlich wurde mir etwas klar: Der würde mich niemals laufen lassen. Ich konnte der Polizei nicht nur sein Gesicht beschreiben, sondern wusste außerdem, wie er hieß und wer er war.

Mir ging alle Energie weg. Ich fühlte mich, als hätte man mir die Batterien herausgenommen. Es gelang mir nicht mal mehr, meine Füße auf den Boden des Fahrzeugs zu drücken. Ich spürte mich nicht mehr. Schlaff hing ich im Sicherheitsgurt.

Freddy würde mich töten. Er hatte gar keine andere Möglichkeit, wenn er nicht im Knast landen wollte.

Er sah natürlich, dass ich leichenblass war, und fragte: »Was ist mit dir? Ist dir schlecht?«

Er hielt kurz an einem Parkplatz an und kramte zwei Tabletten hervor. Ich schaffte es aber, die Lippen aufeinanderzupressen. Ich wollte seine doofen Pillen nicht.

»Stell dich nicht so an! Das wird dir helfen.«

Ich spuckte aus. Vielleicht traf ich seinen Anzug oder sein Gesicht, jedenfalls griff er zornig an meinen Hals. Noch bevor er zudrücken konnte, öffnete ich den Mund und schluckte das Zeug. Es schmeckte nach nichts. Er griff nach hinten und wollte mir Wasser anbieten. Aber ich hatte die Dinger schon trocken hinuntergewürgt. Ich musste husten. Er befahl mir, etwas nachzutrinken.

Meine Hände baumelten immer noch leblos an mir herunter. Beim Trinken verschüttete ich die Hälfte.

Wir verließen den Parkplatz und fädelten uns wieder auf der Autobahn ein. Entweder raste Freddy jetzt noch schneller oder meine Wahrnehmung veränderte sich.

Es kam mir so vor, als würde Freddy mich jetzt genauer beobachten. Immer wieder sah er zu mir herüber. Ich hatte gleich den Verdacht gehabt, dass die Tabletten mich ausschalten sollten. Es dauerte aber noch eine ganze Weile, bis sie richtig wirkten. Vermutlich sperrte sich etwas in mir dagegen, die Kontrolle über mich aufzugeben.

Freddy redete etwas, ich verstand ihn jedoch nicht. Seine Worte dehnten sich wie eine Kaugummiblase.

Es war, als würde ich sie nicht hören, sondern sehen. Sie waberten durch das Fahrzeug, erreichten meine Ohren aber nicht wirklich. Mir war schwindlig. Mein Blick verengte sich immer mehr. An den Rändern wurde alles schwarz. Ich konnte nur noch winzige Ausschnitte der Wirklichkeit erkennen, wenn ich mich total darauf konzentrierte. Es war ein Gefühl, als würde ich in mir selbst verschwinden.

8.

Als ich wach wurde, war alles um mich herum dunkel. Ich meine, es war wirklich dunkel. Es gibt viele Arten von Dunkelheit. In meinem Zimmer zum Beispiel gab es selbst in tiefster Nacht noch Licht. Das rote Stand-by-Lämpchen vom Fernseher. Die leuchtenden Zahlen vom Digitalwecker. Das waren Orientierungspunkte, wie Leuchtbojen im Meer. Das Stand-by-Lämpchen war sogar doppelt zu sehen, weil es sich im Fenster spiegelte.

Im Schlafzimmer meiner Eltern war es nie ganz dunkel, weil sich in den Lamellen der Rollläden ein kleiner Spalt verkantet hatte. Dadurch drang das fahle Licht der Straßenlaterne und in Mamas Frisierspiegel verdreifachte es sich.

Wenn ich bei Opa geschlafen hatte, war dort selbst im tiefsten Winter immer das Fenster offen. Im Sommer auch noch die Tür zum Balkon. Opa hasste geschlossene Räume. So konnte ich, wenn ich bei ihm schlief, den Mond sehen und die Sterne; selbst wenn der Himmel verhangen war, kam eine Ahnung von Licht durch die Wolken.

Aber hier war es pechschwarz. Tiefschwarz. Dunkelschwarz. Gruselig schwarz. Zum Hilfeschreien schwarz. Wenn es richtig dunkel ist, dann hat man das Gefühl, ganz allein auf der Welt zu sein. Dann verschluckt die Finsternis alles. Es gibt keine Möbel mehr, keine anderen Menschen, nicht mal einen Himmel. Etwas Gruseligeres kenne ich nicht.

So war es hier. Ich hatte keine Ahnung, wie groß der Raum war, in dem ich mich befand. Vielleicht war es eine Kiste, ein Sarg. Vielleicht würde ich mir beim Aufrichten den Kopf stoßen. Vielleicht war die Decke über mir auch ganz hoch und unerreichbar.

Ich wagte kaum, mich zu bewegen. In meiner Fantasie befand ich mich am Rand von etwas. Eine kleine Bewegung konnte ausreichen und ich würde hinabstürzen. Ich hatte jede Sicherheit verloren.

Ich sehnte mich sehr nach dem Licht am Ende des Tunnels, aber hier war kein Licht. Bevor die Panik mich packte, spürte ich plötzlich: Mein Großvater war da. Ich ertrank nicht in der Dunkelheit, denn er hüllte mich ein, als sei ich ein Küken in einem Ei.

Ich sprach ihn an. Ich brauchte dazu meine Lippen nicht zu bewegen. Seitdem Opa tot war, klappte die

Verständigung zwischen uns noch besser als zu seinen Lebzeiten.

»Was soll ich machen, Opa? Er wird mich umbringen. Ich sehe das Licht am Ende des Tunnels schon wieder vor mir. Bald komme ich zu dir. Der wird bei meinen Eltern abkassieren und dann räumt er mich aus dem Weg. Ich bin erledigt.«

Die Antwort meines Opas war wie ein Erdbeben. Es entstand in meinem Inneren und schüttelte mich durch.

Zunächst glaubte ich, Opas Wut zu spüren. Einen heftigen Ausbruch von Zorn. Aber dann wurde mir klar: Er lachte mich aus. So wie er manchmal meinen Vater ausgelacht hatte und die »Helden« aus dem Raucherclub.

Ich sah ihn vor mir, hemdsärmelig und braun gebrannt. Gegen Papa und die Vorstandsmitglieder wirkte er wie ein armer Mann. Sie hatten diese betretenen Gesichter, strahlten edle Hoffnungslosigkeit aus.

Mein Opa lachte ihnen ins Gesicht. »Ihr gebt immer gleich auf. Was seid ihr bloß für Gestalten? Ihr wisst nichts vom Leben! Ein kleiner Schauer wird für euch gleich zur Katastrophe, nur weil ihr euren Schirm vergessen habt.«

Seine Worte mussten verletzend auf die Männer vom Raucherclub gewirkt haben, denn er sprach mit fast verachtender Energie. Er nahm diese Typen einfach nicht ernst. Ja, so war mein Opa. Er lachte dem Leben ins Gesicht, und manchmal, wenn es ihn heftig beutelte, lachte er es sogar aus. Wenn ihm etwas missglückte, versuchte er es einfach noch mal neu. Für ihn gab es keine Niederlagen. Höchstens Erfahrungen.

Er steckte die rechte Hand in die Tasche, als würde er eine Pistole ziehen, und einige der hohen Herren sahen aus, als würden sie erwarten, von ihm gnadenlos abgeschossen zu werden. Aber er kramte nur nach seinem Taschentuch und schnäuzte hinein, während sie kaum zu atmen wagten. Dann sah er ihnen einzeln in die Augen. Er äffte die Stimme meines Vaters nach, dann die von Freddy. »Oohh!! Die dritte Tagesproduktion fällt schon aus, weil die Leute streiken. Wir können die Liefertermine nicht halten. Unsere Kunden springen ab. Katastrophe! Was sollen wir nur machen?«

Während das geschah, stand ich neben ihm. Beim gemeinsamen Schachspiel waren wir durch einen Anruf unterbrochen worden und Opa hatte mich kurzerhand mit in die Vorstandssitzung genommen. Ich wurde das Gefühl nicht los, dass er das hier mir zu Ehren veranstaltete. Ich war nicht einfach nur dabei, weil er mir versprochen hatte, mit mir den Nachmittag zu verbringen. Oh nein. Er wollte, dass ich genau das hier mitbekam.

Das Wort »Vorstandssitzung« ist in diesem Zusammenhang sowieso sehr witzig, denn mein Opa setzte sich nicht, und seitdem wir gemeinsam den Raum betreten hatten, standen die anderen auch. Sie hielten sich gerade wie Männer, die sich gerne setzen würden, sich aber nicht trauten und so taten, als würden sie ganz zufällig um den großen Tisch stehen bleiben. Der Kaffee in den Tassen vor ihnen wurde kalt.

Opa zog mich zu sich heran. Ich stand jetzt an dem Platz am Kopf des Tisches, der eigentlich für den Vorstandsvorsitzenden vorgesehen war. Opa legte seine Hände auf meine Schultern. Mein Hinterkopf berührte seine Brust. Er sprach über mich hinweg, und doch hatte ich das Gefühl, er würde durch mich durch sprechen. Der Druck seiner Hände auf meinen Schultern sagte mir: So macht man das, Kleiner. Pass gut auf.

Jetzt imitierte er nicht mehr die Stimmen von Papa oder Freddy, jetzt sprach er in scharfem Ton: »Hat sich einer von euch schon mal überlegt, warum die überhaupt streiken?«

Mein Vater sah aus, als ob ihm der Hemdkragen am Hals zu eng werden würde. Er zerrte an seiner Krawatte herum.

»Nun, sie wollen fünf Prozent mehr ...«

Opa unterbrach ihn barsch: »Unsinn! Hat sich einer von euch die Sorgen der Männer in der Produktion mal angehört? Wann wart ihr das letzte Mal unten? Ihr sitzt hier und redet und redet, und eure Entscheidungen werden immer blödsinniger, weil ihr nicht mehr wisst, was da unten läuft. Seitdem die Eichen gefällt wurden, um die Parkplätze zu erweitern, brennt die Sonne gnadenlos auf das Wellblechdach. An manchen Tagen sind das fünfunddreißig Grad! Was die Arbeiter hier fordern, ist keine Lohnerhöhung – das ist Schmerzensgeld!«

»Und was schlagen Sie vor, Chef?«, fragte Freddy Frambach mit trockenem Mund.

Wieder lachte mein Opa und stupste mich an, als wollte er sagen: Siehst du, mein Junge, darauf habe ich nur gewartet.

»Nun, wenn die da unten nichts mehr herstellen, dann habt ihr hier oben auch nichts mehr zu tun. Ich schlage vor, ihr geht runter in die Produktion und geht den Männern mit gutem Vorbild voran.«

Der Neue mit dem Bürstenhaarschnitt und dem kantigen Gesicht grinste noch, weil er es für einen Scherz hielt. Die anderen waren lange genug dabei, um zu wissen, dass mein Opa es ernst meinte.

»Ihr verdient doch in der Woche mehr als so ein Arbeiter im Monat. Also, warum solltet ihr nicht mal deren Arbeit machen?«, fragte Opa. Niemand antwortete ihm. Betreten sahen alle auf ihre Kaffeetassen oder ihre Fußspitzen.

Nach einer Weile wagte mein Papa es, die Stimme zu erheben. »Willst du damit etwa wirklich sagen, dass ...«

»Ja, genau das will ich«, sagte Opa. »Was meinst du, Robert? Was würdest du tun, Junge?«

Erst dachte ich, mein Vater wäre gemeint, aber er sprach mit mir.

Mein Papa sah mich an wie nie zuvor in seinem Leben. Es war, als würde er mich jetzt zum ersten Mal richtig wahrnehmen. Ich befürchtete, er könnte gleich ohnmächtig werden. Ich sah zu meinem Opa hoch. Ich antwortete ihm. Schließlich hatte er mich ja gefragt, was ich tun würde, nicht die anderen.

»Ich würde die Parkplätze wieder wegmachen und hohe Bäume pflanzen. Außerdem eine Klimaanlage. Und ich finde auch, die Leute sollten eine Lohnerhöhung kriegen. Sie machen gute Klos und haben eine Belohnung verdient.«

Opa klopfte mir anerkennend auf die Schultern.

Freddy lächelte zu mir rüber, als hätte ich endlich seine Gedanken ausgedrückt, aber er spielte das schlecht. Darunter spürte ich seine Wut. Am liebsten hätte er mich durch eine unserer Toiletten gespült.

»So!«, freute sich mein Opa, »Sie haben den Rat eines Zehnjährigen gehört. Meine Herren, mehr habe ich Ihnen auch nicht zu sagen. Falls Sie mal wieder einen heißen Tipp brauchen, können Sie sich vertrauensvoll an ihn wenden. Vielleicht hat er nach der Schule ja mal ein Stündchen Zeit für Sie.«

Dann rauschte Opa mit mir ab. Er wirkte sehr zufrieden.

Die Erinnerung an diese Situation tat mir sehr gut. Aber nun war ich entführt worden. Dies hier war keine Vorstandssitzung.

»Ich hatte damals nur Macht, weil du sie mir gegeben hast, Opa. Sie hatten Angst vor dir, nicht vor mir. Vielleicht ist Freddy damals sogar auf die Idee gekommen, mich zu entführen. Vermutlich wird er mich genüsslich umbringen. Als eine Art Rache. Er will nicht nur reich und unabhängig sein, sondern es dem kleinen Bengel auch noch heimzahlen.«

Opas Stimme kam aus meinem Magen. Jetzt war er wirklich wütend. »Hör endlich mit dem Gejammere auf! Du weißt doch noch nicht mal genau, wo du bist! Deine Hände sind nicht gefesselt, deine Füße sind frei. Er hat dir nicht mal den Mund zugeklebt. Vielleicht ist der alte Suffkopp eingeschlafen. Vielleicht seid ihr nicht weit von der Straße weg. Gib dich nicht auf, Junge. Versuch es!«

Jetzt begann ich, mich mit meinen Händen vorzutasten. Ich untersuchte den Boden. Es war unbearbeitetes, raues Holz. Einige Splitter ragten nach oben.

Ich breitete die Arme aus und spürte die Begrenzung links und rechts neben mir. Ich konnte aufrecht sitzen, aber die Arme nicht ganz nach oben ausstrecken. Ich saß in einer Kiste.

Jetzt, da ich wusste, wie klein der Raum war, in dem ich mich befand, bekam ich augenblicklich Atembeschwerden. Ich wusste, dass genug Luft für mich da war. Die Ritzen zwischen den einzelnen Brettern konnte ich ertasten. Es war unmöglich, hier drin zu ersticken, aber das Wissen allein nutzte mir wenig. Mein Gefühl war anders.

Ich begann zu hecheln. Mir wurde schwindlig.

Es war, als würde Opa mich anpusten: »Hey, keine Panik, mein Großer. Wenn Freddy Frambach diese Kiste gebaut hat, dann ist es ein hundsmiserables Gefängnis. Ich kenne seine Talente. Viele sind es nicht. Was kann der schon? Lass uns mal nachdenken. Schöne Anzüge tragen, Frauen beflirten, rumkommandieren – mal sehen, ob uns noch etwas einfällt. Jedenfalls glaube ich, stabile Möbel herstellen gehört nicht zu seinen Stärken. Er wird einfach ein paar Nägel hineingehauen haben. Oder meinst du, er war blöd genug, Tesa zu nehmen?«

Opas Humor brauchte mich wieder zu einer normalen Atmung zurück. Ich tastete die oberen Ränder meines Verschlags ab. Jeweils an den Enden ragten zwei Nagelspitzen heraus. Die Dinger konnte ich schlecht mit dem Daumen herausdrücken.

Diesmal brauchte ich Opa nicht. Ich kam selbst auf die Idee. Ich löste den Gürtel von meiner Hose und benutzte die Schnalle als Schutz für meinen Daumen. Dann schob ich den ersten Nagel aus dem Holz. Es quietschte laut und der Ton vibrierte durch das Holz verstärkt in meinen Ohren. Erst durch dieses Geräusch wurde mir bewusst, dass es um mich herum totenstill war. Vermutlich hatte Opa recht: Wo immer ich war – ich war allein.

Ich musste aus dieser Kiste heraus. Dahinter gab es einen Weg in die Freiheit.

Der zweite Nagel machte mir mehr Probleme. Er saß irgendwie quer, war krumm gehauen und wollte sich nicht lösen. Ich presste mit beiden Daumen die Gürtelschnalle dagegen. Die Spitze des Nagels durchstieß den Adlerflügel. Ich legte beide Flügel übereinander, und dann ging es.

Jetzt, da ich nicht mehr voller Angst dahockte, sondern etwas tat, nahm ich auch Geräusche wahr. Draußen zwitscherten Vögel und nicht weit von hier hämmerte ein Specht Insekten aus der Baumrinde.

Als ich den letzten Nagel herausschieben wollte, hörte ich das metallene Klirren von einem Schlüssel im Schloss. Dann knarrte eine schwere Holztür.

Ich hielt sofort die Luft an. Die Tür musste links neben mir sein. Gleißendes Sonnenlicht durchflutete den Raum und leuchtete durch die Ritzen meiner Kiste.

Jemand betrat den Raum. Ich konnte jeden seiner Schritte genau spüren. Der Holzboden ächzte und die Dielenbretter übertrugen auch die kleinste Erschütterung bis hin zu meiner Kiste.

Er lud irgendetwas auf dem Boden ab. Ich spähte durch einen Holzspalt. Es war Freddy. Wer sonst?

Er schleifte eine Sporttasche über den Boden. Links neben der Tür standen drei Kisten Mineralwasser übereinandergestapelt. Rechts neben der Tür drei Kisten

Wein. Bordeaux. *Mouton Rothschild 1982* stand darauf. Keine Ahnung, ob das billiger Fusel war oder das, was mein Pa einen guten Tropfen nannte.

Jetzt konnte ich auch ein Regal erkennen. Darin zig Dosen Thunfisch, Eierravioli und Bohnen.

Eins war klar: Der richtete sich auf einen langen Aufenthalt ein.

Ich verhielt mich ganz still. Mein Gefängnis war jetzt eine Art Versteck für mich. Von hier aus konnte ich ihn beobachten.

Er stellte ein kleines Fernsehgerät auf und richtete umständlich die Antenne aus. Wir befanden uns also in einem Haus ohne Kabelanschluss und Satellitenschüssel. Irgendeine entlegene Berghütte. Hier gab es in der Nähe garantiert keinen guten Italiener und auch kein Thai-Restaurant.

Wieder spürte ich meinen Opa, der mir half, die aufkommende Panik zu bekämpfen.

»Sieh es mal positiv«, riet er mir. »Er hat nicht vor, dich so bald umzubringen. Selbst für einen Vielfraß wie ihn reichen die Vorräte ein paar Wochen.«

Freddy bemühte sich weiter, das Fernsehprogramm einzustellen, drehte an der Antenne, bekam aber nur ein Rauschen. Etwas störte ihn in seinem Hosenbund. Er griff nach hinten, zog eine schwarz glänzende Pistole heraus und legte sie auf den Tisch.

»Und was sagst du jetzt, Opa? Fällt dir dazu auch was

Cooles ein? Das wird wohl die Waffe sein, mit der er mich umbringen will.«

Ich spürte, dass Opa den Kopf schüttelte. »Aber nein. Das macht viel zu viel Krach, das Blut spritzt überall rum und danach hat er die Schmauchspuren an den Händen. Jeder noch so verblödete Kripobeamte würde die Kugel im Labor untersuchen lassen, könnte feststellen, aus welcher Waffe sie stammt, und den Weg zum Besitzer nachvollziehen. Die Pistole hat er nur, um dir Angst zu machen. Er wird nicht dämlich genug sein, um sie zu benutzen. Irgendein Förster könnte den Schuss hören und glauben, dass hier Wilderer sind. Nein, vor dem Ding da brauchst du keine Angst zu haben.«

Manchmal ging Opa mir mit seinem sonnigen Optimismus auf die Nerven. Obwohl ich fühlte, wie nötig ich ihn hatte, gerade jetzt, in dieser Situation, wenn ich nicht untergehen wollte.

Endlich hatte Freddy Empfang. Das Bild rauschte und knackte zwar, aber man konnte den Ton verstehen. Ein Fernsehmechaniker würde sicherlich nie aus ihm werden.

Er machte Wasser für Würstchen heiß, hebelte die Dose mit einem Büchsenöffner auf und kippte die Würstchen ins siedende Wasser.

Die Zeit verstrich unheimlich langsam. Freddy simste dauernd mit seinem Handy herum und mir wurde in der Kiste immer heißer. Ich hielt es für richtig, nicht auf mich aufmerksam zu machen. Bestimmt dachte er, dass ich noch von dem Schlafmittel betäubt wäre oder aber vor Angst wieder ohnmächtig geworden sei, denn er kümmerte sich überhaupt nicht um mich. Das war mir recht, denn ich fürchtete, dass er nicht sehr freundlich zu mir sein würde.

Warum sollte er sich mir gegenüber zusammenreißen? Er konnte mich jetzt spüren lassen, was er von Opas Liebling hielt. Wenn er mich sowieso umbringen musste, warum sollte er mich dann vorher nicht noch ordentlich demütigen und quälen? Er musste nicht mehr den guten Onkel spielen.

Opa erinnerte mich jetzt an ein Schachspiel. Eins der letzten, bei dem wir gegeneinander angetreten waren. Er hatte mir beide Türme genommen und bedrohte meine Dame. Mein König befand sich vor den Bauern, praktisch schutzlos. Ich wollte gerade aufgeben, da machte mein Opa einen Fehler und ich konnte mit meinem Läufer seine Dame schlagen.

Jetzt hallten seine Worte von damals wieder in meinen Ohren: »Wenn man in einer ausweglosen Situation ist, Robert, dann darf man nicht aufgeben. Wenn man glaubt, überhaupt keine Chance und überhaupt keine Möglichkeit mehr zu haben, dann bleibt zumindest noch eine Hoffnung: die, dass der Gegner einfach einen Fehler macht.«

Mir schossen Tränen der Rührung in die Augen bei

dem Gedanken, dass mein Opa damals gar keinen Fehler gemacht hatte, sondern mir einfach nur etwas beibringen wollte. Hatte er dafür seine Dame geopfert? Hatte er deshalb das Spiel verloren? Nur weil er sicher sein wollte, dass ich mir diesen Satz einprägen würde? Hatte er deshalb meinen König quer übers Spielfeld gejagt?

Jetzt war ich ihm dankbar für die Lehre, die er mir erteilt hatte.

Ich weiß nicht mehr, ob er es mir sagte oder ob es mir selbst in den Sinn kam. Jedenfalls half mir der Gedanke, mich langsam in der Situation zurechtzufinden: »Verhalte dich ganz ruhig. Beobachte ihn. Du siehst alles, was er macht, aber er weiß nicht, was du tust. Er wird einen Fehler machen. Dann haust du ab. Oder du nimmst ihm wenigstens die Dame. Du wirst dich nicht aufgeben, Robert. Auf gar keinen Fall.«

Die Brühwürstchen waren heiß. Schweiß tropfte von meiner Nase herunter. Mein Rücken tat von der verkrampften Haltung weh. Meine Knie schmerzten und mein T-Shirt war klatschnass. Ich rechnete damit, dass Freddy nun zu meiner Kiste kommen würde, um mir ein Würstchen abzugeben. Aber das tat er nicht. Er tunkte sie immer wieder in ein Glas mit scharfem Senf und aß vier Stück, ohne auch nur einmal in meine Richtung zu gucken.

Er war wohl ein Fußballfan. Das Spiel im Fernsehen

nahm ihn so sehr gefangen, dass er sich beim ersten Bissen die Lippen verbrannte.

In der Halbzeitpause konnte ich es kaum noch in der unbequemen Stellung in meiner Kiste aushalten. Ich versuchte, mich auf die Seite zu legen und die Beine nah an den Oberkörper zu ziehen. Inzwischen war mein ganzer Körper ein schreiender Schmerz.

Ich dachte nur: Halt durch, halt durch. Irgendwann wird er Wein trinken und dann einschlafen. Und wenn er schnarcht, drückst du den Deckel der Kiste hoch und schleichst dich einfach nach draußen.

Bei jeder Bewegung fing ich mir Holzsplitter ein. Sie steckten in meinem Rücken, in den Händen und in meinem Po.

Ich wurde immer durstiger. Ich war schon versucht, gegen das Holz zu klopfen und Freddy um etwas zu trinken zu bitten, aber dann hätte er gemerkt, dass ich die Nägel herausgedrückt hatte. Er würde die Kiste nicht nur wieder zunageln, sondern die Sicherheitsvorkehrungen verstärken. Ich musste durchhalten.

Ich leckte meine eigenen Schweißtropfen von meinem Handrücken. Ich biss auf die Lippen, um nicht zu jammern. Als das Spiel zu Ende war, kamen die Nachrichten. Ich sah nicht mehr durch den Schlitz nach draußen, sondern lag wie ein Embryo im Mutterleib, aber leider gab es keine Nabelschnur, die mich nährte.

Da hörte ich plötzlich die Stimme meiner Mutter. Jetzt

konnte ich nicht mehr anders. Ich musste raus, raus, raus!

Ich federte hoch und krachte mit dem Rücken gegen den Deckel. Er gab sofort nach. Der Deckel flog auf. Ich stand in der Kiste. Mit wahnsinnigem Blick starrte Freddy mich an. Er griff aber nicht nach der Pistole, er zeigte auf das Fernsehgerät. Dort war das Gesicht meiner Mutter. Sie versprach dem Entführer, all seine Forderungen zu erfüllen. Sie bat ihn nur, mir nichts zu tun und mich doch freizulassen.

»Diese dumme Kuh!«, schrie Freddy. »Ich hab gesagt, keine Polizei! Keine Polizei!«

Er sah für mich aus wie einer, in dem der letzte Funke Verstand soeben erloschen war.

»Das nennt deine Mutter keine Polizei! Die ganze Nation weiß es! Ach, was sag ich – ganz Europa! Ist die denn völlig wahnsinnig geworden? Wie sollen wir die Sache denn jetzt noch in Ruhe über die Bühne kriegen?«

Ich sah ihm fest in die Augen, so wie mein Opa es getan hätte, schluckte und sagte:

»Du lässt mich jetzt frei. Ich werde einfach nach draußen gehen und wir vergessen die ganze Sache hier. Ich werde sagen, es sei ein blöder Scherz gewesen. Man wird mir das verzeihen. Ich werde dich nicht verraten.«

Ich stieg aus der Kiste und ging zur Tür. Für einen Moment war ich siegessicher. Ich spürte, dass er zögerte. Aber bevor ich zur Tür kam, überlegte er es sich anders. Vor meinem Opa wäre er bestimmt auf Knien herumgerutscht und hätte ihn um Gnade angefleht. Mir gab er eine Ohrfeige.

Es war mehr ein Boxhieb. Obwohl er die Hand nicht zur Faust geballt hatte, warf mich die Wucht des Schlages um. Die Haut über meinen Wangenknochen riss ein. Ich spürte Blut über mein Gesicht zum Hals laufen.

»Ihr Sonntags seid doch alle gleich!«, brüllte er. »Ihr glaubt, ihr könnt immer euren Willen durchsetzen, was? Irrtum. Jetzt bin ich am Zug!«

Er griff nach hinten in seinen Hosenbund. Vor Wut hatte er wohl vergessen, dass die Pistole nicht mehr dort steckte. Er sah sich um, entdeckte sie auf dem Tisch, hob sie hoch und lud sie durch. Er richtete die Waffe auf mich.

»Keine Angst«, hörte ich Opas Stimme in mir. »Er wird nicht schießen. So blöd ist der nun auch wieder nicht.«

Aber ich war mir nicht sicher, ob Freddy sich daran erinnerte, mal klug gewesen zu sein. Deshalb sagte ich: »Hör mal, es wäre ziemlich dämlich, mich jetzt umzubringen.«

Er zog den Schlitten der Pistole nach hinten, und die Kugel wurde mit diesem fürchterlichen Geräusch in den Lauf geschoben, das man besser nur aus Fernsehfilmen kennt.

»So?«, grinste er. »Warum denn?«

Aber ich spürte, dass er verunsichert war. Also drohte ich: »Meine Mutter ist eine Geschäftsfrau. Sie wird ein Lebenszeichen von mir verlangen. Glaub ja nicht, dass die einfach so Geld rausrückt.«

»Das weiß ich!«, schrie er. »Das weiß ich! Belehr mich nicht! Hör auf damit! Ich bin hier nicht dein Schüler! Du und deine überhebliche Sonntagsart, die wird dir noch leidtun!«

Die Knöchel an seinen Fingern, mit denen er die Pistole umklammert hielt, wurden weiß. Ich fürchtete, eine Kugel könnte sich lösen, allein weil er das Ding so verkrampft in der Hand hielt.

Ich kroch auf dem Boden nach hinten. Er folgte mir. Dann stieß ich mit dem Kopf gegen die Wand. Weiter ging's nicht rückwärts.

Mein Opa riet mir: »Provozier ihn nicht weiter. Er hat seine Gefühle nicht im Griff. Der dreht gleich durch. Versuch ihn zu beruhigen.«

Aber ich hatte mich überhaupt nicht mehr im Griff. Ich war so sauer auf Freddy und schrie: »Wenn du von mir wie ein Erwachsener behandelt werden willst und nicht wie ein dummer Schuljunge, dann benimm dich auch wie einer!«

Opa musste mir nicht sagen, dass das falsch war. Ganz falsch. Ich sah es selbst.

Freddy tänzelte jetzt vor mir herum wie ein Boxer im Ring. Die Mündung der Pistole kreiste vor mir herum, als würde er sein Ziel suchen, aber nicht finden. Abwechselnd richtete er die Pistole auf mich, auf die Wand, auf die Decke und dann wieder auf mich.

Red mit ihm über ganz normale Sachen, dachte ich. Oder flüsterte Opa mir das ein? Ich hörte mich selber sagen: »Ich habe Hunger. Ich habe Durst. Und ich bin total durchgeschwitzt. Ich will duschen. Ich brauch was zu essen, frische Kleidung und ich will nicht mehr zurück in die Kiste. Das hält mein Rücken nicht aus. Außerdem brauche ich eine Pinzette. Ich habe alles voller Splitter.«

Da krachte der Schuss los. Es war so irre laut, dass ich einen Moment glaubte, meine Trommelfelle seien geplatzt. Ich hörte nichts mehr. Gar nichts.

Ich war nicht getroffen. Ich hatte nur den Luftzug der Kugel gespürt. Das Geschoss hatte sich in die Holzwand neben mir gebohrt.

Freddy ließ die Waffe sinken. Er zitterte. Der Schuss hatte ihn mindestens ebenso sehr erschreckt wie mich.

»Das ... das wollte ich nicht«, sagte er. Er sah mich an. Er erwartete irgendetwas von mir.

Ich schwieg. Ich sah ihn nur an.

»Natürlich bekommst du was zu essen«, stammelte er. »Duschen ist schlecht. Aber ich kann dir Wasser hereinholen.«

In dem Moment brach etwas in mir völlig zusammen. Es war nicht der Schuss. Es war die Tatsache, dass ich zum ersten Mal im Leben keine Dusche zur Verfügung hatte. Was für ein gottverdammt abgelegener Ort musste dies hier sein, wenn es nicht mal eine Dusche gab.

Er bot mir eins von seinen Würstchen an. Er fischte es aus dem Topf und hielt es mir hin, als sei ich ein kleiner Hund, dessen Freundschaft er sich erschleichen wollte.

9.

Unsere Firma produzierte Toiletten. Wir hatten zig Läden auf der ganzen Welt. Aber ich wurde ausgerechnet in einer Hütte festgehalten, in der es weder eine Dusche gab noch ein Klo.

Wir gaben jedes Jahr einen Katalog heraus. Darin konnte man sich vierhundert verschiedene Badezimmerkacheln bestellen. Aber hier existierte kein Badezimmer.

Ich saß auf einem Plumpsklo. Ich musste mich mit beiden Händen am Donnerbalken festhalten, um nicht nach unten in die stehende Scheiße zu fallen. Diese Hütte war nicht an die Kanalisation angeschlossen. Ich schätzte, die Schicht unter mir war meterdick. Irgendwann würde das jemand herausholen und unten im Tal auf die Felder verteilen, stellte ich mir vor. Hier gab es kein fließendes warmes und kaltes Wasser. Lediglich das Regenwasser wurde in einer Tonne gesammelt und vor dem Haus stand eine Art Waschtrog mit einer Pumpe. Das Ding war uralt und aus Messing oder Kupfer oder so. Es war mit Tierköpfen verziert. Jeder Museumsdirektor würde bestimmt ein Vermögen dafür ausgeben, wenn er eine Ahnung hätte, dass es so etwas hier oben in der abgelegenen Bergwelt gab.

Ich brauchte mein ganzes Gewicht und all meine Kraft, um den Hebel der Pumpe rauf und runter zu bewegen. Das musste ich zwanzig- bis dreißigmal tun, dann floss ein kleines Rinnsal von frischem, klarem Wasser aus dem geöffneten Schafsmaul.

Ich wagte mir gar nicht vorzustellen, woher das Wasser kam. Aber das Komische war: Es schmeckte gut. Jedenfalls war es kühler als Freddys Mineralwasser. Wenn ich über dieses lauwarme Zeug meckerte, hielt er mir entgegen, dass sein Rotwein genau die richtige Temperatur hatte.

Wenn ich auf dem Donnerbalken saß, stand er vor der Tür. Er ließ mich nicht aus den Augen. Immerhin erlaubte er mir mittlerweile, in der Hütte frei herumzulaufen. Nur manchmal fesselte er mich an den Stuhl. Dann war er entweder sehr wütend oder er musste mal kurz weg. Wenn er länger wegblieb, schloss er mich in die Kiste ein. Inzwischen hatte er eine dicke Kette um die Kiste gewickelt und verriegelte sie mit einem Vorhängeschloss. Da käme höchstens noch ein Entfesselungskünstler raus.

Jedes Mal, wenn er mich in die Kiste steckte und das Vorhängeschloss verriegelte, hatte ich große Angst, nie wieder herauszukommen. Was, wenn er einfach nicht mehr wiederkam? Ich würde darin verhungern oder verdursten. Mit dieser Kette drum herum gab es kein Entkommen.

Dann, als er an einem Abend die Nachrichten guckte, nutzte ich die Chance. Der Schlüssel vom Vorhängeschloss lag auf der Spüle, neben den schmutzigen Tellern. Wenn es Freddys Laune entsprach, zwang er mich, das schmutzige Geschirr zu spülen – mit der Hand, denn eine Spülmaschine gab es hier natürlich nicht. Ich steckte den Schlüssel ein. Dann ließ ich ihn ins Plumpsklo fallen. Einen sichereren Ort gab es nicht. Leider stellte es sich heraus, dass Freddy mehrere Reserveschlösser hatte. Überhaupt schien er diese Entführung lange vorbereitet zu haben. Es war alles da, was er brauchte.

Wenn er mich an den Stuhl fesselte, konnte ich wenigstens fernsehen. Wenn er gemein sein wollte, drehte er den Stuhl so um, dass ich nichts sah. Ich hatte ihm versprochen, nicht zu schreien, wenn er weg war und ich draußen jemanden hörte, aber er verklebte mir trotzdem jedes Mal mit einem Klebestreifen den Mund. Ich hatte schon Ausschlag und aufgerissene Lippen davon. Außerdem war es wirklich Quatsch. Hier kam nie jemand vorbei. Ich war erledigt.

Einmal zwang er mich, eine Kassette zu besprechen.

Ich musste erzählen, dass es mir gut geht, und meine Eltern bitten, alles zu tun, was die Entführer von ihnen verlangten. Ich durfte sogar ein bisschen weinen, musste mich aber sonst an den vorgeschriebenen Text halten. Einmal löschte Freddy die Kassette, weil ich die Sätze nicht genau so gesprochen hatte, wie er mir vorgab.

Ich hatte mein Geschäft auf dem Donnerbalken verrichtet und Freddy begleitete mich in die Hütte zurück. Wir waren jetzt seit zehn Tagen hier. Das Fernsehgerät lief Tag und Nacht. Ich war inzwischen berühmt. Ich kam in allen Nachrichten vor. Robert Sonntag der Zweite. Der entführte Millionärssohn. Die Menschen hofften, dass ich noch lebte. Meine in Tränen aufgelöste Mama und mein erschütterter Papa waren öfter in den Nachrichten als die Bundeskanzlerin.

Der Stand der Dinge war wohl der: Meine Eltern verlangten ein Lebenszeichen, vorher wollten sie nicht zahlen. Sie forderten einen Beweis, dass ich lebte.

Als wir wieder in der Hütte waren, fesselte Freddy mich an den Stuhl.

»Warum tust du das?«, fragte ich. »Willst du noch weg?«

Er wirkte versteinert auf mich. Ich konnte nichts in seinem Gesicht lesen. Irgendetwas war ganz und gar nicht in Ordnung, und das machte mir Angst. Mein Magen krampfte sich zusammen. Warum konnte jetzt nicht mein Opa hereinkommen? Mit einem einzigen Blick würde er Freddy in die Knie zwingen.

Freddy fesselte mich fester als sonst. Die Lederriemen schnitten in meine Handgelenke, und meine Füße schliefen ein, so fest hatte er meine Beine umwickelt. Dann holte er ein großes Fleischermesser.

»Was hast du vor?«, schrie ich. »Bist du wahnsinnig? Hör auf! Das kann doch nicht dein Ernst sein! Meine Eltern werden tun, was du willst. Du wirst alles bekommen! Du kannst mir doch jetzt nicht ...«

Er nahm sein Klebeband und pappte es mir auf den Mund. Ich riss die Lippen auseinander. Ich versuchte, in das Klebeband zu beißen, dagegen anzuatmen, es wegzupusten. Es wölbte sich ein bisschen, aber es war eben kein Kaugummi. Man konnte nicht einfach eine Blase daraus machen, die dann vor dem Gesicht zerplatzte. Es war eine Art Teppichkleber. Es stank und hielt fest. Ich bekam dadurch keine Luft. Ich konnte nur durch die Nase atmen. Falls ich mir hier einen Schnupfen holte, würde ich in so einer Situation einfach ersticken.

Freddy nahm wieder das Fleischermesser zur Hand. Langsam umkreiste er meinen Stuhl und sah mich an, als sei ich eine Weihnachtsgans und als würde er überlegen, welches Stückchen er als Erstes abschneiden wollte.

Er hielt das Messer in der Rechten, mit der Linken fuhr er über meine Haare, befühlte dann erst das linke, dann das rechte Ohr.

Ich zitterte am ganzen Körper. Ich versuchte, irgendwelche Töne auszuspucken, aber es ging nicht. So konnte man mit niemandem ins Gespräch kommen.

Ich muss mit ihm reden, dachte ich. Ich muss mit ihm reden. Ich kann ihn bestimmt davon überzeugen, das sein zu lassen. Aber wie werde ich diesen Teppichkleber los?

Freddy sah sich jetzt jeden einzelnen Finger von mir an. Er entschied sich für den kleinen an meiner linken Hand. Er holte Verbandszeug und band den Finger ab.

Noch vor ein paar Tagen hatte ich diesem kleinen Finger nicht mehr Beachtung geschenkt als meinem dicken Zeh. Aber jetzt gerade wurde er mein Lieblingsfinger. Gab es etwas Schöneres als den kleinen Finger an der linken Hand?

Tu's nicht, dachte ich nur noch. Tu's nicht!

Mein Blickfeld wurde immer kleiner. Ich bekam eine Art Tunnelblick. Dann war er wieder da: mein Opa.

»Werd jetzt nicht ohnmächtig, Robert. Behalt die Nerven. Sag es ihm mit den Augen, wenn du mit dem Mund nicht sprechen kannst. Versuch, Blickkontakt zu kriegen. Du kannst seine Seele erreichen. Schau ihn an.«

Ich versuchte es. Und tatsächlich – es war, als würde Freddy meinen Blick fürchten. Er sah auf den Boden, aufs Messer, auf meinen kleinen Finger – aber er vermied es, mir in die Augen zu schauen.

In meinem Mund lief so viel Speichel zusammen, dass

ich mich daran verschluckte. Ich musste husten, aber das war mit so einem Klebestreifen vor dem Mund nicht einfach.

Ich keuchte, ich rüttelte an meinen Fesseln, da riss Freddy das Klebeband ab. Sofort hielt er mir das Messer an die Kehle.

»Halt's Maul, Kleiner. Wehe, du schreist. Ich hab die Nerven blank. Mach jetzt keinen Ärger. Deine Eltern wollen es so. Ich kann nichts dafür.«

Ich schluckte und spürte, dass Tränen über meine Wangen liefen. Ich flüsterte es. Ich sprach wirklich so leise wie möglich, weil ich auf keinen Fall wollte, dass er mir wieder den Mund zuklebte: »Aber meine Eltern wollen doch nur ein Lebenszeichen. Das muss doch nicht mein kleiner Finger sein. Meine Stimme reicht ihnen bestimmt völlig aus.«

Freddy drehte sofort durch. »Glaubst du, dass ich darauf reinfalle? Ich kenne eure Tricks! Ihr wollt mich reinlegen!«

Oh Gott, dachte ich, was ist nur los? Was geht in seinem kranken Gehirn vor? Natürlich – er hat Angst, dass man den Anruf zurückverfolgt.

Schon hatte sich wieder so viel Speichel in meinem Mund gesammelt, dass ich schlucken musste, um sprechen zu können.

»Du hast Angst, dass sie eine Fangschaltung haben, stimmt's? Aber das dauert lange, so etwas zurückzuverfolgen. Ich kann doch ganz kurz mit ihnen sprechen. In der Zeit kriegen sie höchstens raus, dass wir in der Schweiz sind. Aber mehr auch nicht.«

»Hier gibt's kein Festnetz!«, brüllte er. Dabei kam seine Nase so nah an mein rechtes Auge, dass ich befürchtete, sie würde hineinstechen. Seine Spuckebläschen flogen mir ins Gesicht.

»Aber du hast doch ein Handy und ich auch. Wir können es übers Handy machen ...«

»Glaubst du, ich bin verrückt? Man kann über ein Handy genau feststellen, wo wir sind. Man kann das«, er buchstabierte es fast, »o r t e n! Bei den Beziehungen von deinen Eltern ist alles möglich. Wahrscheinlich haben sie ständig Maschinen in der Luft, die nur auf ein Signal von meinem Handy warten. Nein, ich werde deinen Finger abschneiden und ihn an deine Eltern schicken. Das wird sie überzeugen.«

Er klebte meinen Mund wieder zu, holte eins von den Frühstücksbrettchen, legte meinen kleinen Finger darauf und prüfte noch einmal, ob der Verband auch fest genug saß. Der Finger lief schon blau an. Freddy schob meinen Ringfinger so weit von dem kleinen Finger weg, dass es fast wehtat. Dann steckte er die Spitze des Fleischermessers dazwischen. Er war so weit.

Innerlich schrie ich »Nein!«.

»Nimm Kontakt zu seiner Seele auf!«, rief Opa. »Seine Seele! Seine Seele! Versuch, sie zu erreichen! Dazu braucht man keine Worte! Aber es hilft, wenn man sich anschauen kann. Versuch es, Junge!«

Freddy war nervös. Er schwitzte. Er wollte das hier auf keinen Fall versauen. Er wollte nicht unnötig grausam erscheinen.

Er sah mich an. Unsere Blicke trafen sich. Und da geschah es. Er schlug die Augen sofort wieder nieder, aber mein Blick hatte ihn erreicht. Das genügte.

Er schleuderte das Messer in die Ecke. Es rutschte unter die leeren Sprudelwasserkisten. Dann drehte er mir den Rücken zu und begann, jämmerlich zu heulen.

Später saß er zusammengekauert in der Ecke, den Rücken an den Konserven, und starrte auf den Fernseher. Er nahm eine Flasche Mouton Rothschild, aber er machte sich nicht die Mühe, den Öffner zu suchen. Er stieß den Korken mit dem Zeigefinger nach innen. Dann hielt er sich die Flasche an den Mund und trank.

Er wischte sich immer wieder mit dem Handrücken die Tränen ab. Ich sah ihm zu, wie er die Flasche leerte. Er schaffte es nicht, mich noch einmal anzugucken, und ich dachte nur eins: Danke, Opa. Danke. Du hattest recht.

10.

Freddy vermied es von da an, mir in die Augen zu sehen. Ich kam mir langsam vor, als sei ich unsichtbar. Das Fernsehgerät lief, aber er beachtete es nicht mehr wirklich. Er verrichtete alle Dinge wie mechanisch. Wie eine ferngesteuerte Puppe.

Vor dem Zwischenfall hatten die Tage noch einen Rhythmus. Morgens kochte er Kaffee, wir aßen Brot mit Marmelade, es gab Käse dazu. Mittags machte er Würstchen heiß oder Eierravioli. Stündlich sah er sich die Nachrichten an. Nach dem Essen rauchte er zwei Filterzigaretten, fesselte mich und ging aufs Klo. Vor dem Abendessen verschwand er meist für zwei Stunden, war aber spätestens um acht zu den Nachrichten wieder da, machte uns eine Pizza oder Spaghetti und dazu öffnete er eine Flasche Wein. Ich sah mit ihm zusammen Spielfilme an; den ersten um Viertel nach acht durfte ich immer bis zum Ende mitgucken, dann musste ich meist zurück in die Kiste und wurde erst am Morgen zum Frühstück wieder herausgeholt.

Morgens und abends trainierte er. Mit nacktem Oberkörper, nur mit Boxershorts bekleidet, machte er hundert Liegestütze auf den Fäusten. Dann Sit-ups, bis sein Oberkörper schweißbedeckt war und sich im Sixpack seiner Bauchmuskulatur das Wasser zu kleinen Bächen verdichtete. Er hatte sogar Hanteln mitgebracht. Damit trainierte er gern vor der Hütte seinen Bizeps.

So hatte jeder Tag ein Gerüst und wir hangelten uns daran entlang. Man braucht etwas zum Festhalten, gerade in so einer Situation. Aber jetzt versank alles in einem Einheitsbrei. Freddy trank morgens schon Rotwein, stierte vor sich hin, blieb Nächte über wach und ließ den Fernseher den ganzen Tag laufen. Morgens machte er sich Würstchen heiß, sah mich in der Kiste sitzen und ließ mich raus, um mir was zu essen zu geben.

In den ersten Tagen simste er alle paar Stunden Nachrichten an irgendwen und erhielt auch ständig SMS. Dann wurden es weniger. Jetzt lag das Handy schon lange unbenutzt herum.

Er war dabei durchzudrehen. Irgendetwas in seinem Plan lief schief.

Ich hatte Zeit genug, mir einige Fragen zu stellen. Wenn er Angst hatte, dass sein Handy geortet werden könnte, wie um alles in der Welt hielt er dann Kontakt zu meinen Eltern? Er musste doch Forderungen gestellt haben. Im Fernsehen war die Rede davon, dass der Entführer zehn Millionen verlangte. Wie wollte er die Geldübergabe abwickeln?

Ich kam zu der Überzeugung, dass er einen oder mehrere Komplizen haben musste. Er war nur der, der mich aus dem Internat herausgelockt hatte. Er sollte hier nur auf mich aufpassen. Und bestimmt war es auch seine Aufgabe, mich aus dem Weg zu räumen.

Irgendwo da draußen waren seine Kumpels, und ich hatte das Gefühl, dass er den Kontakt zu ihnen schon längst verloren hatte.

Ich sah im Fernsehen meine Mutter, blass wie nie, mit schwarzen Rändern unter den Augen. Ihre Stimme hätte ich gar nicht wiedererkannt. Sie habe seit Tagen kein Lebenszeichen mehr von mir bekommen und sie würden mit dem Schlimmsten rechnen. Von einer gescheiterten Geldübergabe war die Rede und von schweren Vorwürfen gegen die Polizei, die, obwohl es anders abgesprochen war, eingegriffen hätte.

Mein Vater trug keine Krawatte, sondern ein Jackett und ein offenes Hemd. Er sah gar nicht mehr aus wie der Chef vom Raucherclub. Auch seine Haare waren verwurschtelt, so als hätte er am Morgen nicht geduscht und würde jetzt mit ungewaschenen Haaren im Fernsehen auftreten. So hätte er sich sonst nicht mal an den Frühstückstisch gesetzt.

Er beschwor die Entführer, mir nichts anzutun und noch einen Versuch zu machen. Auf keinen Fall würde diesmal wieder die Polizei auftauchen.

»Ich weiß«, sagte mein Vater, »dass Sie schwer enttäuscht sind. Bitte tun Sie meinem Sohn nichts an. Er kann nichts dafür. Ich werde an jeden Ort der Welt kommen, um Ihnen das vereinbarte Geld zu bringen.« Mein Vater öffnete einen Koffer. »Hier ist es.« Auf den Tisch vor ihm segelten dicke Bündel mit Geldscheinen.

Dann zeigten sie irgendein hohes Tier von der Polizei. Ich glaube, es war sogar der Innenminister. Er hatte den typischen Tonfall von Menschen, die versuchen, sich herauszureden. Er sprach von vollem Verständnis für die Familie Sonntag, aber der Zugriff sei unter anderem auch an deren mangelnder Kooperationsbereitschaft gescheitert. Die Polizei wolle jetzt den Willen der Familie respektieren und sich bei der Geldübergabe heraushalten.

Es wurden Bilder von Hamburg gezeigt. Dort hätte mein Vater das Geld von einer Eisenbahnbrücke werfen sollen.

Ich fand diese Art der Geldübergabe einfallslos, um nicht zu sagen verblödet. Die Tasche hätte stundenlang auf den Schienen gelegen und sei nicht abgeholt worden. Die Vermutung lag nahe, dass der Täter einen der 42 Beamten, die »bereit für den Zugriff« auf ihn lauerten, gesehen haben musste.

Das mit Hamburg konnte Freddy unmöglich gewesen sein. Wenn ich aufs Klo durfte oder ihm beim Holz- und Wasserholen half, hatte ich einen weiten Blick über die Berge. Ich saß kurz unterhalb der Schneegrenze in den Alpen fest.

Im Fernsehen wiederholte mein Vater, dass er ein Lebenszeichen von mir brauche, dann würde er das Geld an jeden Ort der Welt bringen, und zwar ohne Polizei, persönlich und ganz allein.

Während die Sendung lief, sah Freddy nicht ein einziges Mal zum Fernseher. Er sah auch mich nicht an. Er hatte wieder dieses verfluchte Messer. Er stierte darauf und spielte auf eine versunkene Art damit, als schwanke er, ob er es sich selbst in die Brust stoßen oder mir doch lieber einen Finger abschneiden wollte.

Er kam mir einsam vor. Erledigt. Ich hatte fast so etwas wie Mitleid mit ihm. Ich erwischte mich dabei, wie ich darüber nachdachte, ihm zu helfen, wie er an die zehn Millionen kommen konnte. Vielleicht war das der richtige Weg? Ich musste einfach mithelfen.

»Ich könnte meinen Eltern schreiben«, schlug ich vor. »Mit Tinte meinen Fingerabdruck unter den Brief setzen, damit sie sehen, dass er echt ist.«

Freddy schüttelte den Kopf. »Sie würden am Poststempel erkennen, wo der Brief abgeschickt wurde.«

An seinem ausdruckslosen Gesicht sah ich, dass mein Vorschlag sinnlos war. Das Zeichen an meine Eltern, dass ich noch lebe, war gleichzeitig mein Ende. Er hatte vor, mich hier umzubringen, mich zu verbuddeln und dann von irgendeinem Kaff aus den Brief abzuschicken, während er sich selbst in Sicherheit brachte.

Nun gut. Wenn ich schon hier beerdigt werden sollte, dann wenigstens mit all meinen Fingern.

Ich will jetzt hier nicht so tun, als sei ich ein Held, der keine Angst vor dem Tod hat. Nein, so ist es überhaupt nicht. Aber der Gedanke an meinen Opa und an das Licht am Ende des Tunnels war irgendwie sehr tröstlich für mich. Der Tod war nicht das Ende, sondern eine Art Neubeginn. Es war nur das Ende einer Spielrunde. Eine neue würde folgen. Das machte es mir leichter, mein Schicksal unverkrampft anzuschauen. Ich verfiel nicht in Verzweiflung, sondern begann darüber nachzudenken, wie ich es verändern könnte. Vor dem Sterben hatte ich Angst. Vor den Schmerzen schon. Aber nicht vor dem Tod selbst.

Mein Verstand kam mir klar vor. Ohne Angst denkt es sich besser. Meine Stimme bebte nicht beim Sprechen, als ich sagte: »Du hast Angst, stimmt's? Du weißt nicht, ob du deinen Kumpels trauen kannst. Wenn du mich erst aus dem Weg geräumt hast, warum sollen sie dann noch mit dir teilen? Du hast deine Aufgabe erfüllt. Sie werden sich die zehn Millionen alleine einstecken. Du siehst sie nie wieder. – Bestenfalls ...«

Jetzt blickte Freddy mich an. Nicht in meine Augen,

davor hatte er noch immer Schiss. Aber er sah wenigstens in meine Richtung. Auf meine Brust. Das Wort »Bestenfalls« hatte ihn erreicht.

»Was willst du damit sagen?«

»Nun, ich glaube, sie werden dich genauso ausknipsen wie du mich. Du bist ein Risiko. Irgendwann wird man herausfinden, wer mich aus dem Internat geholt hat, denn sie wissen, dass ich freiwillig mitgegangen bin. Sie werden meinen Bekanntenkreis durchforsten und Papas Mitarbeiter. Ich glaube kaum, dass du weiterhin regelmäßig zur Arbeit erscheinen wirst, oder? Folglich hat man den Kreis der Verdächtigen schnell eingeengt. Nur du kennst die Namen der anderen. Sie müssten schon sehr nette Kerle sein, wenn sie das Risiko eingehen würden, dich am Leben zu lassen. Aber das soll's ja geben«, spottete ich, »so richtig gute Freunde, die einen nie verraten, egal, in welcher Situation.«

Treffer! Freddy zuckte zusammen. Das war seine Schwachstelle. Er hatte keine wirklichen Freunde. Nicht im Raucherclub, und die Mittäter waren es bestimmt nicht.

Ich spürte Freddys aufkeimende Wut.

»Ich habe so einen Freund«, sagte ich. »Meinen Opa. Der würde mich nie im Stich lassen. Der ist nicht käuflich. Nicht bestechlich. Und schon gar nicht für zehn Millionen.«

»Dein Opa«, brüllte er, »ist tot, Kleiner!«

Einen Moment lang schwankte ich ernsthaft, ob ich ihm von den Erlebnissen mit meinem Opa erzählen sollte. Aber ich tat es nicht. Ein Geheimnis braucht der Mensch. Ich hatte diese Worte mehr zu meinem Opa gesagt als zu ihm. Denn wenn ich ihn je gebraucht hatte, dann jetzt.

»In meiner Tasche«, sagte ich, »ist ein geschnitzter Holzkopf von meinem Opa. Darf ich daran weiterarbeiten?«

Freddy ging zur Tasche und kramte darin herum. Er fand den Kopf und es machte ihn noch wütender.

»Ja, genau so sah der Alte aus!« Er stellte den Kopf auf den Tisch. »Und du glaubst, dass ich dir jetzt ein Messer gebe, damit du daran herumschnitzen kannst?«

Ich nickte. »Warum nicht?«

»Weil du davon träumst, es mir von hinten in die Rippen zu rammen. Ich werd dir zeigen, was ich mit deiner Scheiß-Figur mache!«

Er lud die Pistole durch, zielte auf den Kopf und drückte ab.

»Nicht!«, schrie ich.

Die Kugel durchbohrte die Tischplatte, verfehlte aber Opas Kopf. Damit bewies Freddy, dass er wirklich mehr Verkaufsleiter war als ein Profiverbrecher. Und als würde ihm seine verkorkste Lage mit einem Mal bewusst, reagierte er mit Hass, so als sei mein Opa schuld an allem, was aus ihm geworden war.

Der nächste Schuss traf Opa. Die Wucht des Schlages fetzte den Kopf vom Tisch und ließ ihn gegen die Wand knallen. Von da fiel er auf den Boden.

Aus knapp zwei Metern Entfernung schoss Freddy noch einmal. Der Lärm tat mir weh bis in die Zähne. Es roch nach Schwefel.

»Da, sieh nur, was ich mit deinem Opa mache!«, schrie Freddy. »Sieh nur!«

Er feuerte noch einmal.

Dann schlug er mir ins Gesicht. Meine Nase blutete sofort und mir schossen Tränen in die Augen. Ich ärgerte mich darüber. Ich wollte ihm die Genugtuung nicht gönnen, wollte nicht heulen. Aber es war so ein brennender Schmerz, der bis in den Magen ging, dass ich nicht anders konnte, und mir wurde schwindlig.

Freddy prügelte mich in die Kiste zurück und nagelte sie zu. Dann verschloss er sie noch mit der Kette. Ich war wie lebendig begraben. Ich fühlte, er hatte nicht vor, mich hier noch einmal rauszulassen.

Das Hämmern war schlimm. Ich zuckte bei jedem Schlag zusammen, als ob er meinen Körper treffen würde. Bei jedem Hammerschlag fluchte Freddy. Er schimpfte auf meinen Opa, meinen Vater, auf mich und »die ganze Sonntagbande«.

11.

Ich saß im Dunkeln in der Kiste und er tobte draußen herum. Jede Erschütterung des Holzbodens, wenn er trotzig aufstampfte, ließ mich zusammenzucken. Er heulte und schrie. Er war kurz davor durchzudrehen oder schon mittendrin.

Seine Schüsse lockten keinen Förster an. Wo immer ich hier war, es gab weit und breit keine Zivilisation. Keinen Förster. Keinen Schafhirten. Keinen Bergbauern. Und die Hoffnung auf einen Wanderer hatte ich inzwischen auch aufgegeben.

Da sonst niemand da war, der mir beistehen konnte, nahm ich Kontakt zu meinem Opa auf. Es war wie ein Gebet. Ich faltete sogar vor Angst zitternd die Hände, denn Freddys ungezügelter Wutausbruch machte meine ganze Situation noch schrecklicher. Wer ist schon gern in den Händen eines Wahnsinnigen?

»Opa! Bitte hilf mir! Opa, mein lieber, lieber Opa! Was soll ich machen?«

Ich lauschte, aber ich hörte nur den Lärm, den Freddy vor meiner Kiste veranstaltete. Er brüllte: »Ich lass mich nicht länger verarschen! Ich nicht!«

Dann krachte etwas gegen meine Holzkiste. Es tat weh in den Ohren. Zunächst glaubte ich, er hätte auf meine Kiste geschossen, aber dann hätte irgendwo ein Einschussloch sein müssen. Er bewarf die Kiste in seinem Zorn mit Konservendosen.

»Er wird wahnsinnig, Opa. Ich weiß es. Er kriegt nicht einfach einen Koller. Der schnappt richtig über.«

Dann roch es nach Opas Pfefferminzbonbons, als ob er bei mir in der Kiste sitzen würde. Deutlich hörte ich seine ruhige Stimme. Er war gar nicht nervös.

»Du hast recht, mein Großer. Seine Nerven sind blank. Er ist nicht so stark wie du. Er hält die Situation nicht aus. Er wird täglich schwächer und du stärker.«

»Ja, Opa, danke. Das hört sich ziemlich cool an. Aber ich fühl mich nicht stark. Ich habe Angst und ...«

Mein Opa lachte. Ja! Er lachte. »Nur Idioten haben keine Angst. Angst ist wichtig. Sie macht uns vorsichtig. Sie hält uns wach. Ohne Angst, überfahren zu werden, würden die Leute einfach über die Straße laufen, ohne nach rechts oder links zu gucken.«

»Das hilft mir jetzt nicht, Opa!«, zeterte ich.

Aber er fuhr unbeirrt fort: »Solange die Angst dich

wachsam macht, ist sie dein Freund. Aber wenn Angst zu groß wird, macht sie einen kopflos. Dann ist sie dein Feind.«

»Opa, bitte! Ich brauche jetzt keine Lebensweisheiten. Sag mir, wie ich hier heil herauskomme!«

Mein Opa schwieg. Hatte ich ihn verärgert? Nur das nicht!

»Bitte bleib, Opa! Geh jetzt nicht weg! Lass mich nicht mit ihm alleine!«

Plötzlich hatte ich eine Idee. Es klang vielleicht verrückt, aber es war eine Möglichkeit. Ich fragte meinen Opa: »Gibt es vielleicht irgendeinen Toten, der zu Freddy sprechen kann, so wie du zu mir? Hat irgendwer aus deiner Welt Einfluss auf ihn?«

»Nein«, sagte Opa. »Da brauchen wir uns keine Hoffnungen zu machen. Freddy Frambach hat nicht mal mehr richtigen Kontakt zu seiner eigenen Seele. Wie soll er da Zugang zu einer anderen haben?«

»Ich bin also verloren, Opa?« Ich weinte und schämte mich meiner Tränen nicht.

»Keineswegs. Auf dich warten noch viele Aufgaben im Leben. Sieh dies wie eine Prüfung, die du bestehen musst.«

»Da wär mir eine Mathearbeit lieber.«

»Aber Junge. Dabei hast du doch auch immer gejammert und mich gerufen.«

»Stimmt, und du hast mich hängen lassen.«

Freddy trommelte mit den Fäusten auf der Kiste herum. »Mit wem redest du da, verdammt?«

»Mit meinem Opa«, sagte ich so ruhig wie möglich.

Er flippte sofort völlig aus. »Hast du ein Handy da drin?! Mach das verfluchte Ding aus! Die orten uns! Ich leg dich um, wenn die Bullen die Hütte stürmen! Wenn ich schon draufgehen muss, nehm ich dich mit!«

»Er ist wirklich am Ende, Opa!«, rief ich. »Und jetzt wird er seine Wut an mir auslassen.«

»Du sollst das Handy ausmachen, du Idiot!«, brüllte Freddy. Er begann, die Nägel wieder aus der Kiste herauszuziehen. Es ging ihm natürlich nicht schnell genug. Schnaubend trat er gegen die Kiste.

»Hilf mir, Opi! Bitte, bitte, hilf!«

»Hör auf zu telefonieren!«, schrie Freddy.

»Ich telefoniere doch gar nicht!«

»Verarsch mich nicht, du Missgeburt!« Er fingerte nervös an dem Schloss herum, um die Kiste zu öffnen. »Hör auf!«, kreischte er. »Hör sofort auf!«

Ich weiß nicht mehr, ob Opa es sagte oder ob es meine eigene Idee war, jedenfalls stand mir klar vor Augen: Dies war meine Chance. Vielleicht meine letzte. Ich musste sie nutzen.

Ich stemmte beide Hände gegen den Deckel, und als Freddy die Kette heruntergezogen hatte, wartete ich nicht, bis er die Kiste öffnete, sondern wuchtete den Deckel mit aller Kraft hoch. Das Holz knallte mitten in

Freddys Gesicht. Ich federte aus der Kiste und stand im Freien.

Freddy hielt sich beide Hände vors Gesicht und brüllte. Blut schoss aus seiner Nase. Ich wusste, ich hatte es jetzt mit einem Rasenden zu tun, der völlig außer Kontrolle geraten war. Ich durfte ihm jetzt nicht in die Hände fallen. Ihm war alles zuzutrauen.

Schon war ich beim Tisch. Ich sah die Pistole neben dem Fernseher liegen. Ich griff sie mir. Ich wusste nicht genau, wie das Ding funktionierte, aber ich fand, es war besser, wenn ich sie hatte und nicht er. Nein, ich richtete die Waffe nicht auf ihn. Ich rannte zur Tür.

Er torkelte, wie plötzlich blind geworden, durch den Raum. Mit einer Hand hielt er sich die Nase, mit der anderen tastete er um sich. Aber er bekam mich nicht zu fassen.

Schon hatte ich die Tür offen. Ich sah mich noch kurz im Raum um. Zu gern hätte ich mir sein Handy geschnappt, aber er trug es wie einen Colt am Gürtel. Meines fand ich nicht. Ich sprang ins Freie und knallte die Tür hinter mir zu.

In dem Moment wurde mir klar, dass ich keine Chance hatte. Von hier oben aus war der Blick frei und weit. Egal, wohin ich lief, er konnte mich überall sehen. Bis zum Mischwald da unten konnte ich es kaum schaffen. Das war ein Kilometer, wenn nicht weiter, und oberhalb der Hütte, weiter hoch zum Gipfel, begann die Schneegrenze. Er würde mich verfolgen und irgendwann hätte er mich. Er war vielleicht verrückt, sah aus wie ein Wrack, aber er war immer noch durchtrainiert. Seine hundert Liegestütze hielten ihn fit.

Vor der Hütte lagen die Hanteln. Ich hörte seine Schritte. Ich kletterte mit einer Hantel auf den Holzstapel neben der Tür. Ich hob die Hantel hoch.

Die Tür flog auf. Freddy Frambach stand vor der Hütte und sah nach rechts und links. Er ging offensichtlich davon aus, dass ich nach unten in Richtung Straße oder Wald geflohen war. Er vermutete mich nicht hinter sich.

Ich warf die Hantel. Entweder hatte er sich einen Rest Instinkt bewahrt oder er hörte sie heranfliegen. Vielleicht sah er auch durch meine Bewegung einen Schatten. Jedenfalls fuhr er im letzten Moment herum und duckte sich. Die Hantel erwischte ihn nicht am Kopf, sondern nur am Oberarm.

»Du verdammtes Luder!«, schimpfte er und ging auf mich los.

Ich traute mich nicht, vom Holzstapel zu springen. Stattdessen trat ich die Flucht nach oben auf das Dach der Hütte an.

Er kletterte sofort hinter mir her.

Ich drehte mich um, richtete die Pistole auf ihn und sagte: »Ich schieße!«

Aber er grinste nur dämlich. »Die Waffe ist gesichert.«

Ich wusste nicht, wie so eine Pistole entsichert wurde.

Ich drückte einfach ab. Es machte klick, aber keine Kugel verließ den Lauf.

Ich trat nach Freddy. Ich erwischte seine rechte Hand. Er rutschte ab und krachte vom Dach. Jetzt sah ich ihn nicht mehr. Aber ich hörte ihn stöhnen.

Die Hütte war leider kein Hochhaus. Freddy war nicht tief gefallen, aber er hatte sich verletzt.

»Mein Bein! Ich habe mir mein Bein gebrochen!«

Gut so, dachte ich und sprang auf der anderen Seite vom Dach. Dann rannte ich nach oben in Richtung Schnee. Es gab dort ein paar dicke Felsbrocken. Ich wollte sie erreichen und mich dahinter verstecken. Aber als ich mich umblickte und Freddy nicht sah, beschloss ich weiterzulaufen. Vielleicht hatte er sich wirklich ein Bein gebrochen. Dann konnte er mir unmöglich folgen.

Ich wollte versuchten, noch vor der Dunkelheit die Bergspitze zu erreichen. Vielleicht gab es auf der anderen Seite etwas. Ein Dorf. Ein Gehöft. Eine Straße. Irgendetwas Menschliches.

Ich sah mich erneut um. Die Hütte lag schon klein wie ein Legohaus unter mir. Das Bergmassiv der Alpen erschien mir so majestätisch und schön wie früher beim Skiurlaub. Aber hier war es auch abweisend. Kalt und kilometerweit unbewohnt.

Ohne Pause lief ich bergauf. Dann wurde es kälter, und ich musste feststellen, dass meine superteuren Outdoorturnschuhe keineswegs wasserdicht und rutschfest waren. Ich glitschte ein paar Mal aus und fiel hin. Im Schnee bekam ich schnell nasse Füße und begann vor Kälte zu zittern. Aber ich konnte ja schlecht zurücklaufen und meine Jacke holen.

Ich klopfte mit den Händen gegen meine Oberarme und rieb mit den Handflächen über meine Beine. Ich tat alles, um Wärme zu erzeugen.

Ich musste nicht auf Opas Meinung warten, um zu begreifen, dass ich mich so nicht lange warm halten konnte. Ich musste wieder runter, in wärmere Regionen, aber beim Abstieg auf dieser Seite lief ich Gefahr, Freddy Frambach in die Arme zu rennen. Außerdem waren seine Komplizen bestimmt nicht weit. Vielleicht suchten sie schon nach mir.

Ich kletterte weiter hoch. Als ich nicht mehr konnte und völlig aus der Puste war, setzte ich mich auf einen Felsen und erholte mich einen Moment. Ich sah mir die schwarze Pistole genauer an. Das Magazin war im Griff. Ich fand den Mechanismus, um es herauszunehmen. Es waren noch drei Patronen in der Kanone. Ich konnte mich verteidigen. An der Seite unter dem Schlitten war ein kleiner Hebel. Damit musste die Waffe gesichert werden. Ich legte ihn um und überlegte, ob es klug wäre, einen Schuss in die Luft abzugeben. Vielleicht hörte mich ja hier oben jemand. Vielleicht hatten meine Eltern längst Suchtrupps engagiert. Vielleicht war Hilfe nicht so weit weg, wie ich befürchtete.

Aber ein Schuss würde Freddy meinen Standort verraten. Vielleicht war sein Bein ja gar nicht gebrochen, sondern er hatte sich nur wehgetan. Vielleicht hatte er es geschient. Wer sagte mir eigentlich, dass er mich nicht längst durch ein Zielfernrohr beobachtete? Töten musste er mich doch sowieso. Schließlich kannte ich seinen Namen. Er hatte ein Präzisionsgewehr im Kofferraum seines Autos. Wie alle von Papas Raucherclub ging auch er zur Jagd.

Überhaupt ... wo hatte er sein Auto versteckt? Das stand doch garantiert nicht im Tal am Straßenrand herum ...

Der Wind wurde schneidend. Die Kälte griff nach mir wie ein hungriges Raubtier. Ich zitterte wieder.

Ich brauchte Schutz. In der Dunkelheit war sowieso jeder Schritt lebensgefährlich. Bäume gab es in dieser Höhe kaum noch. Nur ein paar stachelige Sträucher und Felsen und Schnee.

Alle reden von der Klimakatastrophe durch die Erderwärmung, dachte ich. An der Nordsee sollten bald Palmen wachsen und das Skifahren in den Alpen unmöglich werden. Aber während scheinbar die ganze Erde schwitzte, hatte ich Angst zu erfrieren. Ich spürte meine Finger schon nicht mehr, und in meinen Schuhen hatte ich ein Gefühl, als würde ich auf Watte laufen.

»Du musst dir Schutz suchen. Eine Höhle, ein Erdloch, irgendetwas«, sagte eine ruhige Stimme in mir.

»Opa? Bist du das? Wenn du mir helfen kannst, Opa, dann tu es bald. Ich geh hier drauf.«

»Steck die Finger unter dein Hemd. Halte sie dir auf die nackte Haut. Dein Bauch ist warm.«

Zunächst glaubte ich das nicht, aber dann, als meine Finger die Haut an meinem Bauch berührten, war es, als wäre mein Bauch nicht nur warm, sondern sogar heiß.

War das mein Opa?, fragte ich mich. Es war, als könnte ich sein Lachen hören.

»Das ist ein ganz natürlicher Prozess. Das Blut versorgt die lebenswichtigen Organe. Es zieht sich praktisch in der Mitte des Körpers zusammen.«

Ich hatte keine Ahnung, ob das stimmte, aber meine Finger begannen durch die Erwärmung zu kribbeln. Es steckte noch Leben in ihnen.

Ich fand eine Felsspalte. Sie war wie ein Riss im Berg. Der Nachthimmel ließ die Konturen der Landschaft verschwimmen. Sträucher bewegten sich wie ängstliche Tiere. Einige Sterne spiegelten sich im Schnee wie Diamanten oder Goldmünzen, die jemand verloren hatte. Ich konnte mir vorstellen, dass in solchen Landschaften Märchen wie *Sterntaler* entstanden waren.

Ich zwängte mich in den Felsspalt. Da drinnen war es stockfinster. Jetzt wäre mir eine Taschenlampe viel nützlicher gewesen als eine Pistole. Ich tastete mich langsam, Zentimeter für Zentimeter, vorwärts. Mit einer Hand schützte ich meinen Kopf und mein Gesicht gegen herunterragende Steine. Mit der anderen untersuchte ich die glatte Felswand. Ich drückte meinen Rücken dagegen und schob mich tiefer ins Innere des Berges. Die Felsspalte, durch die ich hineingekommen war, erschien jetzt wie ein Fenster in den Sternenhimmel. Aber je tiefer ich in die Höhle eindrang, umso finsterer wurde es.

Ich konnte meinen Atem wie Wolken vor meinem Mund sehen. Der Wind zerrte hier drin nicht an meiner Kleidung. Dadurch kam es mir gleich wärmer vor. Ich rieb meine Arme. Dabei stand ich ganz ruhig. Ich durfte keinen unbedachten Schritt machen. Wer weiß, vielleicht ging es direkt vor meinen Füßen ein paar Meter tief bergab. Ich konnte meine eigenen Schuhspitzen nicht sehen. Einerseits bot die Höhle mir Schutz, andererseits war sie eine Quelle uneinschätzbarer Gefahren.

Da huschte etwas an der Wand entlang. Ich wagte nicht mehr zu atmen. Vielleicht war es ein kleines Tier. Eine Motte? Eine Fledermaus? Aber es hätte genauso gut ein Bär sein können oder ein Wolf. Gab es in diesen einsamen Höhlen der Schweizer Alpen Bären? Wer sagte überhaupt, dass wir hier in der Schweiz waren?

Langsam schob ich meinen rechten Fuß vor. Da lag etwas auf dem Boden. Es war haarig und weich.

Ein Schauer lief über meinen Rücken. Ich bückte mich, überwand mein Ekelgefühl und streckte meine Hand aus. Da war Fell. Dann ertasteten meine Finger rohes Fleisch und Gedärme. Vor mir lag offenbar ein toter Hase oder ein Kaninchen. Ich konnte die langen Ohren fühlen.

Welches Raubtier war groß genug, einen Hasen zu fangen und die Beute zum Verspeisen in die Höhle zu ziehen? Ein Fuchs vielleicht? Oder etwas Größeres?

Das Wort *Tollwut* huschte durch meinen Kopf. Wer von einem tollwütigen Tier gebissen wird, stirbt einen jämmerlichen Tod.

Ich wollte noch nicht sterben. Nicht jetzt, nicht hier. Nein, ich war einfach noch nicht bereit dazu. Ich wollte weder erfrieren noch von einem Tier angefallen werden. Komischerweise weckte der tote Hase in mir den unbändigen Willen zu leben.

Ich tastete mich auf allen vieren weiter vorwärts. Hier drin war es merkwürdig still. Als könnte man die Ruhe hören wie einen Schrei. Jetzt, da ich kniete, roch ich den Boden. Moos. Verwesung. Und noch etwas. Kalte Asche. Altes, angebranntes Holz. Ich schnüffelte und folgte dem Geruch wie ein Tier. Dann ertastete ich Äste, Asche, Silberpapier. Ich war nicht der erste Mensch in dieser Höhle. Hier hatte jemand ein Lagerfeuer gemacht.

Ich fand Zigarettenstummel. Eine alte Kartoffel in Stanniolpapier, und dann – ich konnte mein Glück kaum fassen – Streichhölzer. Meine Finger zitterten, als ich die Schachtel öffnete. Alle Hölzer fielen heraus. Ich hätte schreien können vor Wut.

Aber eine Stimme in mir sagte: »Ruhig Blut! Nur die Nerven behalten. In der Ruhe liegt die Kraft.«

Ganz vorsichtig durchsuchte ich mit den Fingerkuppen die Asche. Ich bekam etwas Lebendiges zu fühlen. Einen Wurm oder eine dicke Made oder so. Dann ein Streichholz. Ich riss es an der Reibefläche der Schachtel entlang. Sofort zischte eine kleine Flamme hoch. Ich schützte sie mit beiden Händen.

Ich sah die Felswand. Den toten Hasen. Eine zertretene Dose Bier. Die Feuerstelle.

Ich versuchte, so schnell wie möglich ein paar Streichhölzer einzusammeln. Dann hielt ich die Flamme hoch, um tiefer in die Höhle gucken zu können. Es ging noch weiter hinein, tiefer in den Berg.

Da vorne lag ein Jutesack. Bestimmt hatten sie darin die Kartoffeln hierhergebracht.

Das Feuer verbrannte meine Fingerspitzen. Ich ließ das Streichholz fallen. Bevor es erlosch, sah ich noch ein paar Kartoffeln, aus denen weiße Keime gekrochen waren, die wie steif gefrorene Würmer in Richtung Felsspalte ragten. Sie wollten ans Licht.

Ich riss das nächste Streichholz an und leuchtete einmal die Decke über meinem Kopf aus. Hier war die Höhle schon eher ein Gewölbe. Hoch wie ein Kirchendach. Ich versuchte, das Streichholz am bereits erloschenen Ende anzufassen, um es ganz abbrennen zu lassen. Das ging schief. Es war zu heiß. Es zischte richtig, als meine Haut verbrannte, und es roch ein bisschen, als würden blutige Steaks gegrillt.

Ich kroch im Dunkeln zu dem Kartoffelsack. Er war klamm, aber ich legte ihn mir um die Schultern. Jedes Stückchen Stoff half mir jetzt gegen die Kälte. Egal ob Kartoffelsack oder Pullover.

Ich hatte zu Hause super Schlafsäcke. Was hätte ich jetzt dafür gegeben? Aber während ich an meine Bergausrüstung und die Daunenschlafsäcke dachte, wurde ich traurig. Zu Hause ... hatte ich überhaupt noch ein Zuhause? War mein Zuhause jetzt in Amerika bei meinem Vater oder bei meiner Mutter in Deutschland oder in meinem Schweizer Internat?

Schmerzlich wurde mir bewusst, dass bisher mein Zuhause immer da gewesen war, wo mein Opa lebte. Er hatte mich beschützt und mir die meisten Sachen, die ich konnte, beigebracht. Mein Opa hatte sich zu mir immer verhalten wie ein Gärtner zu einer Blume. Er sorgte dafür, dass ich an einem guten Ort aufwuchs, genug Sonne bekam und Nahrung.

Ich hörte mich selbst schreien: »Opa! Opa! Wo bist du? Hilf mir!«

Meine Worte hallten in der Höhle. Es gab hier eine Art Echo. Es war wie eine Antwort. Dann, als ich für einen Moment fast ehrfürchtig die Augen schloss, sah ich ihn. Robert Sonntag, den Selfmademan, der aus dem Nichts eine Firma aufgebaut hatte, die jetzt Klos und Badezimmer in die ganze Welt verkaufte. Ich sah ihn in der Werkshalle stehen. Der Strom war in der ganzen Stadt ausgefallen. Aber bei uns wurde weitergearbeitet. Opa hatte irgendein altes Notstromaggregat aufgestellt. Wir erzeugten praktisch unseren eigenen Strom. Opa lachte: »Hilf dir selbst, dann hilft dir Gott.«

»Okay, Opa«, sagte ich. »Genau das tue ich gerade.«

Ich hatte zwar keinen Motor, um Notstrom zu erzeugen, aber ich fand Holz. Nicht viel. Nur ein paar Reste, die meine Vorgänger nicht verbrannt hatten. Leider lässt sich feuchtes, kaltes Holz nicht einfach so entzünden, indem man kurz ein Streichholz daran hält. Ich brauchte etwas, um das Feuer wachsen zu lassen. Stroh, Papier oder ... Ich riss ein paar Fasern aus dem Kartoffelsack und nahm noch mein Papiertaschentuch dazu. Das Zeug fing sofort Feuer und ich hielt zwei angekokelte Äste hinein. Es reichte aus, um an der Rinde eine kleine, glimmende Fläche zu schaffen. Es war nicht viel. Es sah fast aus wie ein Glitzern am Sternenhimmel. Ich blies auf die Glut, um sie weiter zu entfachen. Ich hatte Glück. Ein Ast begann zu brennen. Der andere erlosch.

Vorsichtig schichtete ich das Holz so auf, dass ein kleines Feuer entstand. Die Wärme tat gut und ich fühlte mich gleich viel sicherer. Ich glaubte kaum, dass Freddy mich nachts suchen würde. Ich brauchte jetzt das Feuer, um nicht zu erfrieren.

Die Höhle war so groß, dass sie von den Flammen

längst nicht ganz ausgeleuchtet wurde. Es gab zwei Gänge. Einen, durch den ich stehend immer tiefer runter in den Berg konnte, und einen, der nach oben führte, aber so eng war, dass ich schon hätte kriechen müssen. Ich kroch nicht hinein, aber ich sammelte alles ein, was brennbar aussah. Selbst Moos kratzte ich von den Felswänden am Eingang. Ich holte von draußen ein paar Äste von einem Strauch.

Am Eingang der Höhle steckte eine dicke Wurzel im Boden. Es gelang mir nicht, sie aus der gefrorenen Erde zu ziehen. Ich begann, sie auszubuddeln. Wieder leistete meine Gürtelschnalle mir gute Dienste. Ich benutzte sie wie einen kleinen Löffel.

Ich grub die Wurzel aus und legte sie ins Feuer. Ziemlich erschöpft saß ich nun bei der Glut und wärmte mich. Immer wieder sah ich zu den beiden Gängen. Komischerweise fürchtete ich mich vor dem Kriechgang am meisten. Ich wurde die Angst nicht los, daraus könnte jederzeit eine Schlange kommen. Ich stellte sie mir dick vor wie Freddys Brustkorb. Vielleicht war das ihre Höhle. Vielleicht hatte sie auch die Leute gefressen, die vor mir hier ein Feuerchen gemacht und Kartoffeln gegrillt hatten.

Wieder hörte ich Opas Lachen und erinnerte mich an die Situation, als ich zum ersten Mal in ein Flugzeug stieg. Plötzlich bekam ich Angst, obwohl ich mich kurz vorher noch darauf gefreut hatte. Aber am Flughafen erzählte ein Mann etwas von einem schlimmen Flugzeugunglück. Ein Absturz, bei dem viele Menschen ums Leben gekommen waren.

Ich fragte Opa, ob er keine Angst hätte. Er lachte: »Der ängstliche Mensch stirbt tausend Tode. Der mutige nur einen.«

Ich brauchte eine Weile, bis ich kapiert hatte, was er meinte. Währenddessen hielt er meine Hand, und als wir hoch über den Wolken waren, begriff ich ihn. Er hatte mir beigebracht, mit Angst umzugehen. Er war Weltmeister darin, den Dingen ins Auge zu sehen, ohne sich von der Angst überwältigen zu lassen.

Ich setzte mich so, dass ich den Kriechgang gut im Blick hatte. Dann nickte ich irgendwann mit den Gedanken an meinen Opa ein.

12.

Ich wurde vom kalten Lichtstrahl einer Taschenlampe geweckt. Durch meine geschlossenen Augen drang es hell wie ein Blitz in mein Bewusstsein. Ich schreckte hoch und sprang auf. Um nicht geblendet zu werden, hielt ich eine Hand gegen das Licht.

»Wer ist da?«, fragte ich.

War das meine Rettung? Ein Wanderer? Ein Förster, der den Qualm gerochen hatte?«

»Da staunst du, was? Mach mir jetzt bloß keine Schwierigkeiten. Komm einfach mit.«

Das war die Stimme von Freddy. Mir war zum Heulen zumute. Ausgerechnet der, die miese Ratte!

Er trat nach mir. »Gib mir die Pistole! Das ist noch nichts für kleine Kinder!«

Ich bewegte mich nicht. Ich hatte die Pistole neben mir auf den Boden gelegt. Ich konnte nach ihr greifen und … Aber vermutlich hielt er einen Gewehrlauf auf mich gerichtet.

Ich hörte ein metallisches Klicken. Dann sagte Freddy: »Ich muss dich sowieso umlegen. Ich kann es auch gleich hier tun. Wenn du dich nach der Waffe bückst, mache ich dich zum Sieb. Das hier ist ein Schrotgewehr. Schieb die Knarre mit dem Fuß zu mir rüber.«

Seine Worte schnürten mir den Hals zu. Ich tat, was er verlangte.

Er hob die Pistole auf, überprüfte das Magazin und steckte sie vor seinem Bauch in seinen Hosengürtel.

Ich weiß nicht, woher ich den Mut nahm. Es war vielleicht eine Art Galgenhumor, weil ich jetzt endlich wusste, dass er von Anfang an geplant hatte, mich zu töten. Jedenfalls rief ich: »Pass auf, Freddy! Die Waffe ist nicht gesichert. Wenn sie losgeht, hast du keine Eier mehr!«

Er zuckte zusammen, zog die Pistole wieder aus dem Gürtel und ließ sie dann in seiner Winterjacke verschwinden.

»Der Humor wird dir schon noch vergehen, du Drecksbengel!«

»Das war kein Humor«, sagte ich. »Das war ein sachlicher Hinweis.«

Er knallte mir eine. Mein Kopf flog auf meine Schulter. Mir brummte der Schädel, aber ich fragte ihn: »Na? Hat es wenigstens Spaß gemacht? Hast ja sonst nicht viel zu lachen.«

»Wie meinst du das?«, fauchte er.

Ich wusste nicht, ob das alles aus mir selber kam oder ob mein Opa mir die Worte in den Mund legte. Ich hatte das Gefühl, er wäre mir ganz nah, wie ein Engel, der seine Flügel schützend hinter mir ausbreitete.

Ich schwieg und lauschte in mich hinein. Das machte Freddy nervös. Er schrie: »Wie du das meinst, habe ich gefragt!«

Ich hörte mich sagen: »Wenn du mich erledigt hast, dann werden deine Kumpels dich ausknipsen.«

»Wer hat dir das gesagt? Woher weißt du das ... ich meine ... wie kommst du da drauf?«

Ich lachte über so viel Dummheit. Das verunsicherte ihn noch mehr.

»Zwischen deinen Kumpels und mir gibt es nur eine Verbindung: dich. Wenn du nicht mehr lebst, können sie mit der Beute abhauen und sind frei. Du bist eine Gefahr für sie, und ich habe nicht das Gefühl, dass deine Kumpels gute Kerle sind.«

»Du weißt, wer meine ... Partner sind?«

Ich zuckte innerlich zusammen. Ich hatte gerade einen Pfeil ins Blaue abgeschossen und offensichtlich ins Schwarze getroffen. Warum scheute er sich, seine Komplizen Kumpels zu nennen? Er hatte eine Sekunde gebraucht, bis er dann »Partner« sagte. Und es kam mir so vor, als ob er davon ausging, dass ich seine Partner kannte. Es lief mir heiß und kalt den Rücken herunter.

Kannte ich nicht nur Freddy, sondern auch seine Komplizen?

»Ich werde dich jetzt …« Freddy sprach nicht weiter. Er atmete nur schwer und hob das Gewehr.

»Meine Eltern werden, bevor sie dir Geld geben, ein Lebenszeichen von mir verlangen. Wenn du mich jetzt tötest, gehst du leer aus.«

»Ich bin hier der Boss, du Großmaul! Ich entscheide, was ich tue. Kein Sonntag sagt mir mehr, was ich zu tun habe! Keiner!«

»Mein Opa hätte dich feuern sollen«, sagte ich. »Du bist einfach zu blöde. Er hatte immer Angst vor dämlichen Idioten in der Firma. Er hat die Dummen immer gefürchtet. Er hat oft gesagt, wenn die Klügeren immer nachgeben, werden irgendwann die Schwachköpfe die Erde beherrschen.«

»Behandle mich nicht wie einen Idioten!«, brüllte Freddy und legte auf mich an.

»Dann benimm dich nicht wie einer«, sagte ich.

Er schoss nicht auf mich. Aber er schlug mit dem Lauf der Schrotflinte nach mir. Seine Augen bekamen einen irren Ausdruck. Sie waren fiebrig, als würde es in seinem Körper brennen.

»Woher willst du besser wissen als ich, was dein Vater tut?«, schrie er.

Ich hob die Arme über meinen Kopf und versuchte, mich vor weiteren Schlägen zu schützen. Ich habe überhaupt nicht von meinem Vater gesprochen, dachte ich, sondern von meinen Eltern.

Freddy trieb mich mit Tritten und Schlägen aus der Höhle. Er humpelte hinter mir her. Ständig brüllte er mich an. Ich sollte entweder schneller gehen oder langsamer. Scheinbar machte ich alles falsch. Er war sehr aufgeregt. Immer wieder stieß er mir die Mündung der doppelläufigen Schrotflinte in den Rücken.

In der Hütte angekommen, bekam ich nichts zu essen und nichts zu trinken. Ich musste sofort in die Kiste, und er drohte mir noch, ich könne froh sein, dass er mich darin nicht fessle und kneble. Er zeigte mir ein Teppichklebeband: »Ein Ton, und ich verschnür dich damit zu einem stummen Paket.«

»Ich habe Durst«, sagte ich, schon halb in der Kiste sitzend.

»Wer nicht viel trinkt, muss auch nicht oft zum Klo«, antwortete Freddy. Dann nagelte er die Kiste wieder zu und zum Schluss kam die Kette mit dem Schloss.

Ich war erledigt. Ich zitterte. Vielleicht war es die Kälte. Vielleicht auch die Angst.

13.

Die Dunkelheit in der Kiste machte mir Atemnot. Ich hatte das Gefühl zu ersticken, obwohl ich wusste, dass das nicht möglich war. Durch die Ritzen im Holz und die Astlöcher kam genügend Sauerstoff in meinen Sarg, aber ich rang trotzdem nach Luft. Meine Zunge war dick und pelzig und mein Hals brannte. Die Lippen waren rissig und ausgetrocknet. Ich hielt mein Gesicht ganz nah an den größten Spalt im Holz und atmete.

Freddy schaltete das Fernsehgerät ein. Die Nachrichten kamen pünktlich zur vollen Stunde. Mein Vater sprach eindringlich in die Kamera: »Ich habe mein Wort gehalten und Ihnen das Lösegeld übergeben. Alles ist nach Ihren Wünschen verlaufen. Alles fand ohne Polizei statt. Jetzt flehe ich Sie an: Halten auch Sie Ihr Wort und lassen Sie unseren Sohn frei. Ich verspreche Ihnen, niemand von uns wird mit der Polizei zusammenarbeiten. Wir werden alles tun, damit Sie ein freier Mann bleiben. Auch mein Sohn wird keinen Beitrag zu Ihrer Festnahme leisten. Wir alle haben nur ein Ziel: Wir wollen unseren Sohn wiederhaben.«

Ich konnte Freddy nicht sehen. Ich wusste nicht, wo im Raum er sich befand. Er musste bewegungslos irgendwo stehen, denn ich konnte nicht den kleinsten Schritt auf den Dielen als Vibration spüren.

In meiner Fantasie zielte er gerne mit seiner Pistole auf die Kiste. Er konnte einfach wahllos hineinschießen, um mich zu töten. Vielleicht ließ er mich aber auch einfach hier zurück.

Wie lange konnte ich ohne Wasser überleben? Würden mich in ein paar Wochen Wanderer als mumifizierte Leiche finden? Oder machten die Worte meines Vaters Eindruck auf Freddy? Ließ er mich einfach laufen? Eine Kaffeetasse flog in Richtung Fernseher. Sie traf aber den Bildschirm nicht, sondern zersplitterte an der Wand. Jetzt wusste ich wenigstens, wo Freddy sich befand.

»Glaub ja nicht, dass du mich verarschen kannst!«, schrie Freddy. Dann tigerte er durch die Hütte wie ein angeschossenes Tier. Sein Kopf war feuerrot. Dann packte er ein paar Sachen zusammen.

Freddy schleuderte den Hammer gegen meine Kiste, als ob er mich damit hätte verletzen können. Der Hammer krachte auf den Deckel. Es tat in meinen Ohren weh. Dann blieb der Hammer auf dem Deckel der Kiste liegen.

Er wird die Hütte jetzt verlassen, dachte ich. Bald bin ich bei dir, Opa.

Wenn ich die Augen schloss, konnte ich das Licht am Ende des Tunnels schon sehen. Es war eine Erinnerung an die Komazeit, aber ich spürte, dass von diesem Licht ein geradezu magischer Sog ausging. Lief alles darauf hinaus, dass wir am Ende alle durch den Tunnel ins Licht gehen? War das unsere eigentliche Bestimmung? Das Ziel unserer Reise?

Der Gedanke an das Licht tat gut. Meine Panik wich einer inneren Ruhe. Ich konnte wieder normal atmen.

Egal, was jetzt passiert, dachte ich. Alles wird dich am Ende ins Licht führen.

Ich will nicht behaupten, dass ich angstfrei wurde. Aber eine Gelassenheit kam aus meinem Inneren, die mir die Kraft gab, frei zu denken.

Freddy wird jetzt abhauen. Wenn alles aufgeräumt ist, will er dich töten und dann vermutlich die Hütte abfackeln. Er kann nicht riskieren, hier seine und meine Fingerabdrücke zu hinterlassen. Er hat keine Handschuhe getragen. Außerdem gibt es hier Hunderte genetische Spuren von ihm. Haare. Schuppen. Blut. Es gibt gar keinen anderen Weg. Er muss die Hütte anzünden. – Hoffentlich tötet er mich vorher. Ich möchte nicht in diesem Sarg eingeäschert werden, dachte ich.

Dann knallte Freddy die Tür zu und verrammelte sie von außen. Ich nahm an, er hatte den Brennholzstapel vor die Tür gekippt. So hörte es sich jedenfalls an.

Er hatte in seiner Eile den Fernseher angelassen. Es lief ein *Tatort.*

Ich schnüffelte wie ein Hund an den Luftritzen. Ich rechnete damit, jeden Moment Benzin zu riechen. Ich stellte mir vor, dass er jetzt gerade mit einem Kanister um die Hütte lief und die Wände besprenkelte. Aber nichts dergleichen passierte.

Irgendwann war der *Tatort* vorbei und die nächsten Nachrichten ließen meinen Vater wieder ausführlich zu Wort kommen. Nach den Nachrichten folgte eine Diskussionsrunde mit Politikern. Es ging um härtere Gesetze gegen Straftäter, Datenschutz und Fahndungsfehler der Polizei. Ich wurde mehrfach erwähnt. Ich war zum »Fall Robert Sonntag« geworden.

Grundsätzlich sei es nicht richtig, sagte ein Minister, den ich nicht kannte, dass Privatpersonen so etwas selber in die Hand nahmen. Das sei Sache der Polizei.

»Na hören Sie mal«, rief ein empörter Mensch dazwischen, »was heißt hier Privatperson? Immerhin hat hier sein Vater gehandelt, nicht irgendeine Privatperson!«

Ein Kripomann zählte nun auf, in wie vielen Fällen eine Lösegeldzahlung zur Freilassung des Entführten geführt hätte. Seine Statistiken gipfelten in dem Satz: »Es gibt grundsätzlich keine Garantie, den Jungen lebend wiederzusehen. Warum sollten Verbrecher sich an ihr Wort halten? Oft ist das Kind tot, bevor das Lösegeld übergeben wird. Die größten Chancen hat ein Entführter, wenn wir bei der Lösegeldübergabe den Kidnapper dingfest machen. Dazu ist eine Zusammenarbeit mit der Polizei unverzichtbar. In dem Sinne hat Herr Sonntag verantwortungslos gehandelt. Das sage ich, obwohl ich ihn – als Vater – verstehen kann.«

»Klasse!«, rief wieder wer dazwischen. »Dann brauchen wir jetzt wohl härtere Gesetze gegen die Eltern entführter Kinder!«

Jemand lachte. Aber mir war zum Heulen zumute. Es brannte nicht. Ich versuchte, das zu verstehen. Was war geschehen? Was war passiert? Wusste Freddy nichts von der Lösegeldübergabe oder warum reagierte er so komisch? Wollten seine Komplizen ihn reinlegen? Hatten sie ihn mit mir sitzen lassen und brannten jetzt mit dem Geld durch? Und warum tötete er mich nicht? Als er die Tasse gegen den Fernseher geworfen hatte, da war es mir fast so vorgekommen, als hätte er meinen Vater angebrüllt, dabei hatte der doch alles getan, was von ihm verlangt worden war.

Es war schwierig, aus all diesen Ungereimtheiten schlau zu werden. Aber bei allen Überlegungen wurde mir eins klar: Ich sollte einfach hier in diesem Sarg verhungern.

Ich begann zu schreien, wie ich noch nie in meinem

Leben geschrien hatte. Wahrscheinlich vertrieb ich alle Tiere aus der Gegend. Aber natürlich hörte mich keine Menschenseele.

Ich lag erschöpft und heulend in meiner Kiste. Eingeschlossen und verrammelt. Als ich schon längst keine Tränen mehr hatte, spürte ich wieder die Anwesenheit meines Großvaters. Aber diesmal munterten mich seine Sprüche nicht auf. Mit »Ein Sonntag gibt so schnell nicht auf« konnte ich wenig anfangen. Aber dann fragte er mich: »Was glaubst du, wie lange du durchhältst, bis du ohnmächtig wirst vor Durst oder Hunger? Fünfzig Stunden? Sechzig? Hundert? Willst du die kostbare Zeit vertrödeln? Handle jetzt!«

Ich brüllte meinen Opa an: »Du hast gut reden! Du bist tot! Handle jetzt! Was soll ich denn tun?«

»Die Zeit nutzen!«, konterte mein Opa knapp. Im selben Moment ging mir ein Licht auf. Ich hatte immer noch den Gürtel um. Es war sinnlos, Nägel aus dem Holz zu drücken. Die Kiste war ja noch mit der Kette gesichert. Aber ich konnte etwas anderes versuchen.

Ich begann, mit der Schnalle an einer Ritze im Holz zu schaben. Ich versuchte, sie zu vergrößern. Ich kratzte so schnell, dass das Metall in meinen Fingern heiß wurde. Es ging. Millimeter für Millimeter schabte ich Holz ab. Schon konnte ich die Gürtelschnalle durch den Spalt nach draußen schieben.

Es gab in mir durchaus eine Stimme, die sagte: »Lass

den Blödsinn. Du kannst nie ein Loch kratzen, das so groß ist, dass du hindurchpasst.« Aber ich arbeitete unermüdlich weiter. So hatte ich wenigstens etwas zu tun.

Und wenn meine Eltern mich irgendwann tot in dieser Kiste finden, dann werden sie wissen, dass ich bis zum Schluss für meine Freiheit gekämpft habe, dachte ich, und ich spürte: Mein Großvater war stolz auf mich. War das hier etwa die Aufgabe, die noch auf mich wartete? Sollte ich nicht in das Licht am Ende des Tunnels gehen, weil ich mit dieser Scheißholzkiste fertig werden musste? Nein, das konnte nicht sein. Es musste etwas anderes geben, das ich noch zu erledigen hatte. Etwas, an dem ich mich von dieser Kiste nicht hindern lassen wollte. Es war nur eine Holzkiste. Kein Sarg! Eine Holzkiste.

Ich brüllte das Holz an: »Du bist nur eine Holzkiste! Ich werde dich überleben! Ich lass mich nicht von ein paar dämlichen Brettern fertigmachen! Ich nicht! Ich bin Robert Sonntag! Wir verarbeiten und veredeln Holz, wir kommen nicht darin um!«

Ich stellte mir vor, wie in unserer Werkshalle aus den Brettern, die mich jetzt noch gefangen hielten, Badezimmerregale gebaut wurden, Toilettenschränke und Klobürsten. Ja, mein Opa hatte eine Kollektion Klobürsten mit Holzgriffen, weil er Plastik nicht leiden konnte. Mein Opa liebte Naturstoffe. Hölzer, Steine, Baumwolle.

Ich arbeitete mit großer Wut. Holzstaub und Splitter flogen in kleinen Wolken in mein Gefängnis. Ich hustete und schwitzte und der feine Staub klebte in meinem Gesicht fest.

»Gut so!«, rief mein Opa mir zu. »Weiter! Nutz deine Wut. Wandle sie in Energie um! Das habe ich auch immer getan.«

Ich biss auf die Zähne. Meine Hände taten weh und meine Arme. Ich hatte so viel Holz weggekratzt, dass ich zwei Finger durch die Öffnung schieben konnte.

Ich hätte viel für einen Schluck Wasser gegeben. Es war, als hätte ich dünne Nadeln verschluckt, und jetzt piksten sie in meinem Kehlkopf. Meine Zunge kam mir vor wie ein totes, pelziges Tier in meinem Mund. Ich wagte kaum, mit ihr meinen trockenen Gaumen zu berühren.

Ich ließ die Arme nur einen Moment herunterhängen und sie wurden sofort bleischwer. Ich pustete den Staub von dem Loch. Jetzt hatte ich ihn im Auge. Eine Kraft in mir begann zu wachsen, die das alles völlig sinnlos fand. Es war eine säuselnde Stimme, wie aus der Werbung. Nur wollte sie mir nichts verkaufen. Sie sagte: »Es hat doch keinen Sinn, Robert. Du machst alles nur noch schlimmer. Jetzt sinken deine Chancen auf Rettung. Du vergeudest sinnlos deine Kräfte und du nimmst dir die Luft zum Atmen. Jeder Tropfen Schweiß bringt dich früher um. Leg dich einfach ruhig hin und warte ab.

Spar dir deine Kräfte. Vielleicht wirst du schon bald gefunden.«

Ich gebe zu, ich war kurz davor zu kapitulieren. Aber dann sah ich wieder meinen Großvater. »Es gibt viel zu tun, liebe Mitarbeiter, fangt schon mal an, sagte der Chef kurz vor der Pleite.«

»Opa, deinen Spott brauche ich jetzt echt nicht.«

»Wenn du leben willst, Junge, dann kämpf jetzt!«

Ich zog die Beine an und trat völlig sinnlos gegen den Sargdeckel. Es krachte und schmerzte. Dann schrie ich das Holz an: »Du bist nichts! Eine Klobürste! Ein Wandregal! Brennholz! Du hältst mich hier nicht fest! Du nicht!«

Ich presste die Lippen fest aufeinander und begann zu kratzen, ohne durch den Mund zu atmen. Am liebsten hätte ich überhaupt nicht mehr geatmet. Mir tat schon die Lunge weh. Dann verklebten meine Nasenlöcher mit Holzstaub. Der trockene Husten war so unangenehm wie Zähne ziehen. Ich hätte jetzt alles getrunken, sogar lauwarmen Hagebuttentee. Aber am liebsten eine eiskalte Cola oder eine Apfelsaftschorle mit Eiswürfeln drin.

Ich schluckte trocken. Dann konnte ich alle meine Finger durch die Ritzen schieben. Nein, nicht die ganze Hand, nur die Finger. Mein Handballen war zu dick und außerdem machten mir die Splitter zu schaffen. Ich konnte mit den Fingern den äußeren Rand vom Spalt abtasten, aber das nutzte mir reichlich wenig. Ich brauchte ein besseres Werkzeug. Ein Messer am besten. Aber mehr als meine Gürtelschnalle hatte ich nicht zur Verfügung.

Ich machte einfach weiter und weiter. Meine Fingernägel rissen ein. Ich blutete an den Händen, aber ich machte weiter. Dann kam eine Unebenheit im Holz. Die Schnalle erzeugte fast ein Quietschen. Das Holz hatte hier eine v-förmige Struktur. Mit meiner Schnalle kratzte ich das V aus. Dadurch veränderte sich der Spalt. Ich bekam die ganze Hand hindurch. Aber mit dem Ellbogen blieb ich stecken.

Inzwischen liefen die Frühnachrichten. In der Türkei war ein Flugzeug abgestürzt, im Irak eine Autobombe explodiert. Auf der Autobahn kurz vor Köln hatte es einen schlimmen Unfall mit einem Pferdetransporter gegeben. Die Nachrichten waren voller Leichen. Aber immer noch begann alles mit einem Aufruf von meinem Pa an den Entführer.

Mein Magen knurrte wie ein hungriger Wolf. Das Metall an meiner Schnalle wurde immer dünner. Dann riskierte ich es.

Ich versuchte, mich in der engen Kiste so zu drehen, dass ich mit der Hacke von meinem rechten Fuß gegen die dünnste Stelle im Brett drücken konnte. Es war eine elende Verrenkung. Meine Wirbelsäule brannte wie Feuer. Ich hatte das Gefühl, ein Tritt würde ausreichen, um das Holz an der angeschabten Stelle zum Brechen zu bringen. Aber ich konnte hier nicht zu einem Tritt ausholen. Es war nur Druck möglich, langsamer, aber stetig wachsender Druck.

Ich legte meine ganze Konzentration in den rechten Fuß. In meinem Rücken piksten die Splitter. Egal. Ich presste mich noch mehr gegen die Wand und trieb die Splitter noch tiefer in mein Fleisch, aber das Holz unter meinem rechten Fuß knirschte.

»Ja!«, schrie ich. »Ja! Geh endlich kaputt! Kaputt! Kaputt!«

Es knackte und krachte, aber es brach nicht. Das Holz stöhnte wie ein verletztes Tier. Doch es hielt.

Mein Rücken fühlte sich an, als ob tausend heiße Nadeln drinstecken würden. Trotzdem versuchte ich, den Druck zu erhöhen. Mein ganzer Körper zitterte vor Kraftanstrengung. Ich befürchtete, einen Krampf in der Wade zu bekommen. Mein Opa hatte oft Muskelkrämpfe im Bein gehabt. Er nahm Kalzium dagegen oder Magnesium oder beides. Ich wusste es nicht mehr genau. Es war auch egal, denn ich konnte beides nicht bekommen. Ich saß ja fest in der Scheißkiste.

Da zersplitterte das Holz. Mein Fuß ballerte durch den Spalt nach draußen. Zunächst spürte ich nur einen tierischen Schmerz.

Jetzt steckte mein Fuß draußen fest. Aus meiner Wade ragten Splitter, groß wie Kugelschreiber. Aber das alles war jetzt völlig egal, denn ich wusste eins: Ich war frei! Nichts konnte mich jetzt noch halten.

Ich begann in der Kiste zu wüten. Ich hämmerte und zerrte an der offenen Stelle. Die ganze Geschichte war instabil geworden. Aber trotzdem ließ sich das nächste Brett nicht lösen. Ich bekam jetzt zwar besser Luft und es fiel genug Licht in meinen Käfig, aber heraus kam ich immer noch nicht.

Dem Hochgefühl folgte die Ernüchterung. Dann drang der Schmerz in meiner rechten Wade in mein Bewusstsein und beherrschte es sofort. Während mein Rücken in Salzsäure gebadet wurde, steckten Messer mit Widerhaken in meinem Bein.

Ich blieb eine Weile nach Luft ringend liegen. Dann fiel mir etwas ein. Voller Wut hatte Freddy den Hammer geworfen. Er war oben auf meinen Sarg geknallt. Ob er noch da lag?

Sofort war jeder Schmerz vergessen. Ich schob meinen rechten Arm, so weit ich konnte, durch das entstandene Loch. Ich konnte den Deckel meiner Kiste abtasten. Und tatsächlich! Da lag der Hammer. Meine Fingerspitzen berührten ihn.

Gibt es etwas Schöneres, als einen Zimmermannshammer zu berühren? Wohl kaum!

Ich bekam ihn nur nicht zu fassen. Ich konnte das Scheißding nicht greifen! Ich begann, in der Kiste hin und her zu schaukeln. Ich wollte den Hammer zu mir rüber wippen. Aber die Gefahr war, dass er genau in die entgegengesetzte Richtung rutschte. Die Chancen standen fünfzig zu fünfzig.

»Aber manchmal«, sagte mein Opa, »hat man im Leben eben Glück. Nicht alles geht schief.«

Ich hatte Glück. Millimeter für Millimeter hoppelte der Hammer durch meine Bewegungen näher zu mir. Dann – lieber Gott, falls es dich gibt, dann danke ich dir – konnte ich ihn ergreifen. Ich zog ihn in mein Verließ.

Danach war alles andere halb so wild. Es ging eine unglaubliche Kraft von diesem Hammer aus. Ich wurde von Energie durchflutet. Nichts konnte mich mehr bremsen. Ich war bis hierher gekommen. Was sollte mich noch aufhalten?

Mein Großvater hatte die Menschen in seiner Umgebung oft gelobt: »Ein Erfolgserlebnis bringt uns weiter als tausend Niederlagen«, hatte er gesagt. Jetzt begriff ich, was er meinte. Der Hammer war mein Erfolgserlebnis. Er zeigte mir, dass es eine Chance gab, dass nicht alles sinnlos war, dass ich gewinnen konnte.

Schon brach die nächste Latte unter meinen Hammerschlägen. Dann die dritte. Nach der vierten konnte ich aussteigen. Die Kette störte mich gar nicht. Sie war ein Witz.

Ich reckte mich. An der Wand war ein kleiner Spiegel. Ich sah darin meinen Rücken. Mein Hemd war blutgetränkt. Jetzt meldete sich brennend der Schmerz zurück.

Ich suchte ein Telefon. Ich musste Hilfe rufen. Ich fand keines.

Ich öffnete eine Wasserflasche und trank gierig. Dann wurde mir schwarz vor Augen. Ich schaffte es noch, mich auf den Boden zu setzen, bevor ich ohnmächtig wurde.

14.

Ich fühlte mich wie frisch operiert. Es war anders als das Erwachen aus dem Koma. Der Schmerz holte mich ins Bewusstsein zurück. Mir tat alles weh. Irgendwie war mein Knochengerüst entzündet. Ich spürte meine Knochen wie glühende Stangen im Körper. Jede Bewegung verursachte einen Feuersturm.

Mein Kopf war unendlich schwer geworden und gleichzeitig hatte meine Halsmuskulatur jede Kraft verloren. Mein Kopf baumelte auf den Schultern herum.

Ich brauchte Wasser. Schmerztabletten. Ein Telefon. Hilfe.

Ich trank in großen Schlucken. Aber einerseits saugte mein Körper die Flüssigkeit auf wie ein trockener Schwamm, andererseits bekam ich Schluckbeschwerden. Meine Speiseröhre schien plötzlich zu eng geworden zu sein. Ich verschluckte mich, hustete, spuckte aus.

Da ich kein Handy fand, nahm ich nur eine Flasche Wasser, ein Brotmesser und eine Decke mit. Die Decke legte ich mir um. Dann schnallte ich mir den Gürtel, der mir so gute Dienste geleistet hatte, wieder um, hängte das Brotmesser wie ein Kurzschwert hinein und nahm die Wasserflasche einfach in die Hand.

Der Holzhaufen vor der Tür hinderte mich zunächst daran, sie zu öffnen. Aber Schwierigkeiten war ich inzwischen gewöhnt. Meine Flucht verzögerte sich dadurch nur um wenige Minuten. Als ich den Berg runterlief, hörte ich hinter mir immer noch den Fernseher in der Hütte. Mein Vater sprach wieder zum Entführer.

Der Himmel über mir war blau. Die frische Luft schmeckte nach Freiheit, Tannenwald und Schnee. Da hinten unter mir schwebte eine grinsende weiße Wolke. Sie sah aus wie Opa, genau so hatte er mir oft zugezwinkert. Dann lag dieser Stolz in seinem Gesichtsausdruck. Stolz auf mich, sein Enkelkind. Er war immer stolz auf mich gewesen. Mal, weil ich meinen Brokkoli aufgegessen hatte, dann, weil ich Fahrrad fahren konnte, weil ich dicke Bücher las und im Schwimmbad vom Dreier sprang. Immer lag dann in seinem Blick so ein Wissen, als sei ihm klar, dass sich hier nur der Anfang zeigte. Der Beginn von etwas Großem. Die Spitze vom Eisberg. Die Ahnung des klärenden Gewitters. Wenn ich auch nur eine Kleinigkeit machte, die ihm gefiel, dann freute er sich wie ein Kind, das auf den Weihnachtsmann wartet und schon mal ein Türchen am Adventskalender öffnen darf.

Jetzt wurde mir klar, dass er immer Großes von mir erwartet hatte, ohne je Druck auf mich auszuüben. Er hatte einfach die Gewissheit, dass etwas in mir steckte, etwas, das nur Zeit brauchte zum Wachsen. Aber was war das? Was wollte er von mir? Klar, ich sollte mal die Firma übernehmen, sein Lebenswerk. Er sagte: »Wir dürfen das Werk nicht den Managern überlassen. Nicht den Geldvermehrern. So eine Firma, das ist ein lebendiger Organismus. Der ernährt seine Mitarbeiter und ihre Familien. Diese schlauen Typen aus dem Raucherclub, die haben im Grunde nichts verstanden. Die Firma ist nicht dazu da, mit immer weniger Mitarbeitern immer mehr Geld zu machen. Ich habe keine Geldmaschine erschaffen wollen. Ich wollte gute Badezimmer bauen, in denen Menschen sich wohlfühlen, Räume der Entspannung und Erleichterung. Guck dir diese Typen an, Robert. Denen ist es egal, was wir herstellen. Die wollen nur Geld verdienen. Sie lieben die Dinge nicht, die sie tun, und deshalb werden sie scheitern.«

Ich hatte seine Worte im Ohr, als ob er neben mir stehen würde. Komisch, es war, als würde diese Wolke unter mir, auf die ich zulief, meine Gedanken lenken.

Gleichzeitig wurde mir klar, wie triumphierend mein Opa meinen Papa oft angeschaut hatte, wenn mir etwas Gutes geglückt war. Ganz so, als ob er damit einen Sieg über ihn errungen hätte. Dann lag auch immer ein bisschen Spott in seinem Blick. So als hätte er gedacht: Siehst du. Du schaffst es nicht, aber dein Sohn, der kriegt es hin. Der ist wie ich. Ein richtiger Sonntag.

Es muss manchmal ganz schön demütigend für meinen Vater gewesen sein, dachte ich. Warum hatte Opa das so gemacht?

Er mochte seinen Schwiegersohn nicht wirklich oder er traute ihm nichts zu. Trotzdem hatte er ihn in die Geschäftsführung geholt. Wollte er selbst einfach nur seine Ruhe haben, oder sollte mein Vater eine Chance bekommen, sich zu bewähren?

Ich stieß mit dem rechten Fuß gegen einen Felsen und fiel hin. Ich war zu unachtsam. Ich stolperte wie ein Betrunkener durch die Landschaft. Ich musste mich auf das konzentrieren, was jetzt und hier wichtig war, und einen Fuß in Ruhe vor den anderen setzen. Wenn ich mir hier oben ein Bein brach, war ich so gut wie erledigt.

Ich schätzte, mindestens zweitausend Meter hoch zu sein. Ganz weit weg sah ich auf einem anderen Bergmassiv einen Skilift. Der war unerreichbar weit weg. Vermutlich mehrere Tagesmärsche. Hier musste irgendwo weiter unten eine Straße sein, aber ich fand sie nicht.

Die Zeit in der Kiste hatte mich schlapp gemacht. Ich musste immer wieder anhalten, mich setzen und verschnaufen. Ich nahm einen Schluck Wasser, dann richtete ich mich mühsam wieder auf. Ich kam mir vor wie ein alter Mann. Ich musste lachen. Ja, ich kam mir vor wie mein eigener Opa.

Inzwischen befanden sich die Wolken über mir. Ich hatte ein gutes Stück Abstieg geschafft.

Dann sah ich etwas in der Sonne blitzen. Zwischen den Stämmen der Tannen bewegte sich etwas und es glänzte. Ein Auto. Ich konnte die Marke nicht erkennen, aber es war sicher metallic lackiert.

Ich wedelte mit den Armen, ich hüpfte, ich schrie: »Hilfe! Hilfe! Ich bin der entführte Robert Sonntag! Hilfe!«

Das Echo hallte zwischen den Bergen mehrfach hin und her. Es machte mir klar, wie einsam ich wirklich war. Der Autofahrer hatte mich natürlich nicht gesehen. Und es hörte mich wohl auch kein Mensch. Aber es gab eine Bergstraße, die in Serpentinen bis runter ins Tal führte.

Ich ging in der Mitte der Straße. Ich würde das nächste Auto aufhalten, egal, ob es von oben nach unten fuhr oder umgekehrt.

Ich lief wie auf Watte. Inzwischen brannte die Sonne heftig vom Himmel. Ich schwitzte und ein paar Mücken wollten sich an meinem Blut laben. Ich sah einen platt gefahrenen Igel. Ich weiß nicht, wie lange ich bergab ging. Dies hier war nicht gerade eine Hauptverkehrsader.

Dann brach ich plötzlich zusammen. Es war, als ob ein Blitz mich treffen würde. Es wurde plötzlich schlagartig ganz hell vor meinen Augen. Ich wusste: Das ist in deinem Kopf. Meine Knie gaben nach. Ich dachte noch: Jetzt fällst du wieder ins Koma. Dann wurde alles dunkel um mich herum. Ich fiel in ein tiefes schwarzes Loch.

15.

Als ich wieder wach wurde, lag ich an Schläuchen. Neben meinem Bett saß eine rothaarige Frau. Sie roch nach Früchten, ein bisschen nach Erdbeeren, Zitrone und einem Hauch Marzipan. Ich bekam direkt Hunger.

Sie war jünger als meine Mutter. Aber sie achtete weniger auf sich. Sie war schön, doch es schien ihr gleichgültig zu sein oder sie wollte es bewusst verbergen. Das Rot ihres Lippenstifts passte überhaupt nicht zum Rot ihrer Fingernägel. So etwas wäre meiner Mutter nie passiert. Sie trug einen schwarzen Rock aus Jeansstoff. Ich sah an ihrer linken Wade eine Laufmasche. Ihre Schuhe waren modern und schick geschnitten, aber schon oft getragen. Die Farbe hatte gelitten. Das Leder war trocken. Sie pflegte ihre Schuhe nicht und sie kaufte sich keine neuen.

Sie war garantiert eine viel beschäftigte Frau, die sich

auf ihren Beruf konzentrierte und sonst für kaum etwas Zeit hatte.

Wenn sie an meinem Bett saß, dann hatte das garantiert einen wichtigen Grund. Aber sie sah mich nicht an. Sie hockte so auf ihrem Stuhl, als wäre ihre ganze Aufmerksamkeit auf mich gerichtet. Aber in Wirklichkeit las sie in einem Buch. Ich konnte den Titel nicht genau entziffern. Irgendetwas mit Diät. Sie hungerte bestimmt seit einiger Zeit, um ihr Idealgewicht zu erreichen. Sie leckte sich beim Lesen immer wieder mit der Zunge über ihre Lippen.

»Na«, fragte ich, »sind da gute Rezepte drin?«

Sie reagierte, als hätte Dracula ihr über den Hals geleckt. Sie stieß einen spitzen Schrei aus und sprang auf. Das Buch flog in die Ecke neben dem Waschbecken. Aus weit aufgerissenen Augen sah sie mich an. Dann drehte sie sich zur Tür. Durch die Glasscheibe konnte ich den Rücken eines uniformierten Schweizer Polizisten erkennen. Sie wollte sich vergewissern, ob er etwas gemerkt hatte, denn ihre schreckhafte Reaktion war ihr peinlich.

Dann zupfte sie ihre Kleidung zurecht, hob das Buch auf und setzte sich wieder. Sie brachte ihr Gesicht ganz nah an meins heran. Dann fragte sie: »Bist du Robert Sonntag?«

»Ja«, sagte ich, »der bin ich.«

Sie nickte ernst. Dann erklärte sie mir: »Du bist hier in

Brig im Oberwallis im Spital. Wir haben dich auf der Straße gefunden. Du bist entführt worden. Keine Angst. Jetzt bist du in Sicherheit. Deine Eltern sind schon unterwegs hierher.«

Ich wollte aufstehen, aber die Frau, die wie ein Kaugummi roch, drückte mich ins Bett zurück. »Du brauchst keine Angst vor mir zu haben«, versicherte sie. »Ich bin Kommissarin und auf deinen Fall angesetzt.«

Ich lachte. »Ich hab keine Angst. Ich muss nur mal dringend zum Klo und dann …«

»Was dann?«

»Dann hätte ich gerne ein Eis. Erdbeer, Zitrone und wenn Sie haben auch Mandel oder wenigstens Nuss. Ein halbes Hähnchen wäre auch nicht schlecht. Knusprig und mit Pommes.«

Ich stieg aus dem Bett. Zwei Tropfer, die über Schläuche mit mir verbunden waren, konnte ich an einem fahrbaren Ständer mit mir ziehen. In Krankenhäusern kannte ich mich aus. Der Blick aus dem Fenster gefiel mir. Ich hatte ein Zimmer mit toller Aussicht. Ich musste grinsen, weil ich mir Eissorten bestellt hatte, die ich sonst eher selten aß. Wahrscheinlich hat ihr Duft mich beeinflusst, dachte ich.

Sie klingelte nach der Schwester. Ich ging zur Toilette.

Als ich zurückkam, und das kann nicht lange gedauert haben, erwartete mich der Chefarzt persönlich. Außerdem zwei andere Ärzte und zwei Schwestern. Meine

Kommissarin, die sich bis jetzt noch nicht vorgestellt hatte, wurde vom Chefarzt verdeckt.

Der Chefarzt nannte mir seinen Namen und machte mich mit seinen Kollegen bekannt. Offen gestanden interessierte mich das nicht sehr.

»Also«, fragte ich, »wird das was mit meinem Eis?«

Der Chefarzt schüttelte bedauernd den Kopf. Angeblich könne mir das schaden, ich müsse langsam mit der Nahrungsaufnahme wieder anfangen. Sie wollten Untersuchungen an mir durchführen. Ich sei völlig entkräftet und ausgetrocknet gefunden worden.

»Na«, spottete ich, »dann ist es ja eine gute Idee, mir jetzt nichts zu essen und zu trinken zu geben.«

»Du bekommst ja etwas«, sagte der Chefarzt. »Mineralwasser. Pfefferminztee. Joghurt.« Er strahlte mich an, als sei das ein großzügiges Angebot, und fügte noch hinzu: »Was du willst.«

»Ich will Eis und ein halbes Hähnchen.«

Die Kommissarin mit der Laufmasche und dem Diätproblem mischte sich ein: »Sie müssen das verstehen. Es ist eine natürliche Trotzreaktion. Nach der Gefangenschaft akzeptiert das Kind zunächst gar keine Grenzen mehr, weil jede Einschränkung es an die traumatische Erfahrung erinnert.«

Die Ärzte guckten irritiert.

»Heißt das jetzt, ich bekomme mein Eis?«, freute ich mich.

»Wir sollten seine Autonomiebestrebungen unterstützen«, forderte die Kommissarin.

Vielleicht, dachte ich, ist sie gar nicht von der Kripo. Vielleicht ist sie eine Psychologin. Sie redet so verständnisvoll geschwollenes Zeug. Psychologen erkannte ich meist daran, dass sie verständnisvoll guckten, aber so redeten, dass ich sie nicht verstand.

»Aus medizinischer Sicht ist das nicht ratsam«, wandte der Chefarzt ein, fügte dann aber hinzu: »Mehr als Durchfall und Darmprobleme wird er schon nicht bekommen.«

Ich riss jubelnd die Arme hoch wie ein siegreicher Boxer im Ring, wenn sein Gegner angezählt wird. Dabei vergaß ich leider, dass in meinen Armen Nadeln steckten und ich an Schläuchen hing. Es schmerzte und blutete ziemlich heftig.

Die Ärzte wurden gleich hektisch. Die Wunde wurde verbunden, die Blutung gestoppt und eine neue Leitung gelegt. Ich wurde dreimal gepikt, weil der nervöse Arzt ganz fahrig wurde, als der Chef ihm bei der Arbeit kritisch über die Schulter sah.

Ich beschwerte mich nicht. Ich war Schmerzen gewohnt. Das hier war ein Spaziergang für mich, verglichen mit all dem, das ich in den vergangenen Wochen durchlitten hatte.

Ich bekam mein Eis mit Sahne. Es war eine Enttäuschung. Eine Kugel Erdbeer mit Sahne aus der Sprühflasche drauf. Das Beste, was ich darüber sagen kann, war, dass es kalt war.

Durchfall bekam ich nicht.

Ich bekam Beruhigungsmittel. Dabei wollte ich mich gar nicht beruhigen.

Die Kommissarin blieb bei mir. Inzwischen hatte sie mir sogar ihren Namen verraten. Sie hieß Claudia Schmidli und hatte eine psychologische Zusatzausbildung. Sie stellte mir mit sanfter Stimme Fragen und ließ dabei ein kleines, digitales Aufnahmegerät mitlaufen, das sie auf mein Nachtschränkchen gelegt hatte. Das Ding musste neu sein, denn sie war ganz stolz darauf. Sie erklärte mir, es schalte sich automatisch ein, wenn wir redeten, und würde sich abschalten, sobald wir schwiegen.

Er tat gut, ihr zu erzählen. Ich sagte ihr, wer mich entführt hatte. Ich beschrieb Freddy und erzählte, dass er ein Arbeitskollege meines Vaters war. Sie sah mich mit großen Augen an. »Ja«, sagte ich, »er war es eindeutig. Hundertprozentig. Ich kenne ihn seit vielen Jahren. Eine Verwechslung ist unmöglich.«

Sie war verblüfft. Sie entschuldigte sich für eine Minute, nahm ihr Handy und ging in den Flur. Ich konnte sie durch die Scheibe hektisch telefonieren sehen. Ich fragte mich, warum sie deshalb den Raum verlassen hatte. Garantiert gab sie die Anweisungen für die Fahndung nach Freddy durch.

Dann war sie wieder bei mir. Ich erzählte ihr von der Zeit der Entführung, von der schlimmen Kiste mit den tausend Holzsplittern und von meinem Fluchtversuch. Sie sah sehr ernst aus und zerfloss fast vor Mitleid.

»Wie hast du das nur so tapfer durchstehen können?«, fragte sie. Dann gab sie sich gleich selbst die Antwort: »Du musst ein außergewöhnlich mutiger Junge sein.«

»Ich hatte ja Hilfe«, sagte ich.

Sie staunte. »Hilfe?«

Ich erzählte ihr von meinem Opa. Ich dachte, sie versteht das. Sie wirkte so verständnisvoll. Doch dann wollte sie wissen, ob Freddy mir Drogen gegeben hätte.

Ich schüttelte den Kopf. »Nein, hat er nicht.«

»Das geschieht oft«, erklärte sie. »Entführer machen ihre Opfer damit gefügig. Sie geben ihnen Schlafmittel, damit sie keinen Fluchtversuch unternehmen oder ...«

Ich ließ sie nicht ausreden. »Sie glauben mir nicht, stimmt's?«

Sie schluckte. »Dein Opa ist tot«, flüsterte sie, als sei das ein Geheimnis. »Es war bestimmt ganz schlimm für dich, als er gestorben ist. Jetzt stellst du dir vor, er würde noch leben – und das hilft dir. Aber weißt du, es ist wichtig für dich, anzuerkennen, dass er nicht mehr lebt. Tote sprechen nicht mit Lebenden. Sie sind tot.«

Ich wollte noch sagen: Nur weil mit Ihnen keine Seele eines Verstorbenen spricht, heißt das noch lange nicht, dass mit mir auch keine redet, aber ich schwieg lieber und nickte. Ich tat, als sei ich ihrer Meinung. Ich wollte nicht, dass sie mich für verrückt hielt.

»Bist du wirklich ganz sicher, dass dieser Freddy Frambach dein Entführer war?«

»Klar. Ganz sicher. Das bilde ich mir nicht ein.«

16.

Meine Eltern trafen gegen Mittag ein. Ich hatte gerade eine Matschpampe aus Kartoffelbrei und zerkochtem Gemüse zurückgehen lassen, ohne auch nur davon probiert zu haben. Ich forderte: »Ein knuspriges halbes Hähnchen oder ich esse gar nichts! Hungerstreik!«

Meine Mutter war in Tränen aufgelöst. Sie hatte jede Fassung verloren, und auch ich musste heulen, als sie mich in meinem Krankenbett umarmte. Papa stand ganz ruhig hinter ihr und wartete, bis er an die Reihe kam. Tom Kretschmann, Mamas Neuer, hielt sich dezent im Hintergrund. Ich wunderte mich, dass er mitgekommen war. Ich hätte nicht gedacht, dass Mama Papa gegenüber so taktlos sein konnte.

Tom Kretschmann sah blass aus, als hätte er in letzter Zeit sehr gelitten oder nur knapp eine schwere Krankheit überlebt. Für meinen Vater war er Luft. Mein Pa tat, als sei Tom Kretschmann gar nicht vorhanden, als könnte er durch ihn durchgucken.

Während Mama mich an sich drückte und herzte, dass es wehtat, sah mein Vater das Tablett mit dem Essen, das ich nicht angerührt hatte. Er deutete auf den Teller: »Was soll das? Dieses Dosengemüse hat weniger Vitamine als mein Papiertaschentuch!« Er zog ein Taschentuch heraus und zeigte es der Krankenschwester.

»Würden Sie so etwas essen?«, fragte er die Schwester. Sie zog eingeschüchtert die Schultern hoch.

Ich hatte das oft bei Menschen in der Nähe meines Vaters erlebt. Er herrschte sie so sehr an oder brachte sie in so peinliche Situationen, dass sie die Köpfe einzogen und die Schultern hoben. Sie wirkten dann immer ein bisschen wie aufgeschreckte Schildkröten, die sich in ihren Panzer verkriechen wollen, aber nicht können.

Ich ahnte die nächsten Sätze meines Vaters. Worte wie »unglaublich« und »Skandal« kamen darin vor. Dann verlangte er den Chef zu sprechen, und zwar sofort. Wenn es irgendwo Probleme gab und nicht alles so lief, wie er es sich vorstellte, wollte er immer gleich den Chef sprechen. Aber als mein Vater erfuhr, wer mich entführt hatte, sah er so aus, als ob er jeden Moment ohnmächtig werden würde. Er schwankte und fragte ungläubig noch einmal nach: »Freddy Frambach?«

Ich nickte.

Mein Vater griff sich ans Herz und ließ sich so heftig

auf einen Krankenhausstuhl fallen, dass die Plastikbeine sich bogen. Er stöhnte. Seine Lippen waren schmal geworden wie dünne Striche. »Freddy Frambach? Das Schwein!«

Er biss mit den Zähnen so fest aufeinander, dass sein Kiefer ein knirschendes, mahlendes Geräusch machte.

»Haben Sie ihn schon?«, fragte er die Kommissarin Schmidli.

»Nein«, sagte sie. »Aber das ist nur eine Frage der Zeit. Die Ringfahndung läuft bereits. Die Grenzen sind zu. Er hat keine Chance. Ich bitte Sie allerdings, die Information für sich zu behalten, damit die Ermittlungen nicht behindert werden.«

Meine Mutter sagte: »Hauptsache, wir haben unseren Großen zurück!«

In dem Moment kam der Chefarzt herein. Er klopfte meinem Vater freundschaftlich auf die Schulter, was der überhaupt nicht leiden konnte, und hustete. Mein Vater wich ihm aus. Er hat immer Angst, sich irgendwelche Bakterien oder Viren einzufangen und dann krank zu werden.

»Ich habe es gerade in den Nachrichten gesehen. Der Entführer war ein enger Vertrauter von Ihnen?! Das muss ja schrecklich für Sie sein, wenn dieser Freddy Frambach Sie so hintergangen hat.«

»Sie haben seinen Namen gesagt?«, fragte mein Vater ungläubig und sah Claudia Schmidli strafend an.

»Ja sicher, und ein Foto von ihm haben sie auch gezeigt. Der wird überall gejagt. Wir haben doch alle an den schrecklichen Ereignissen Anteil genommen. Ich habe selbst zwei Kinder ... wenn ich mir vorstelle ...«, sagte der Chefarzt mitfühlend.

Die Beschwerde übers Essen war plötzlich vergessen. »Haben Sie etwa auch bekannt gegeben, in welchem Spital mein Sohn liegt? Wird der Presserummel hier gleich losgehen?«, fauchte mein Vater in Richtung Claudia Schmidli.

Sie gab kratzig zurück, sie hätte überhaupt nichts »bekannt gegeben«. Dazu sei sie gar nicht befugt. Es gäbe eine offizielle Pressestelle, und die sei ebenfalls zum Schweigen verdonnert worden. Es müsse wohl irgendwo eine undichte Stelle geben.

Ich kannte das. Die Erwachsenen zankten sich, und obwohl es scheinbar um mich ging, spielte ich eigentlich gar keine Rolle mehr. In solchen Situationen war dann oft mein Opa für mich da gewesen.

Meine Mutter musste mir nicht sagen, dass sie schwanger war. Ich spürte es auch so. Sie war ein bisschen dicker geworden, aber das dunkelblaue Kostüm, zu dem sie immer eine Perlenkette trug, passte ihr noch immer. Es war etwas an ihrer Ausstrahlung, das ich wortlos wahrnahm.

Ich legte meine rechte Hand auf ihren Bauch. Jetzt sah meine Mutter mich ganz komisch an. In diesem Moment wusste sie, dass ich es wusste, und das war ihr unheimlich. Sie legte ihre Hand auf meine und senkte einmal kurz die Augenlider. Ich bin mir sicher, außer uns beiden hat das niemand bemerkt. Es war wie eine stumme Antwort auf die nicht gestellte Frage: *Bekommst du ein Baby, Mama? – Ja. Hier, fühl mal.*

Ich wette, Papa oder Mamas Neuer hätten gar nichts gemerkt, wenn sie die Hände auf ihren Bauch gelegt hätten. Da gab es keine Tritte gegen die Hand oder so. An der stillen Art, wie Mama es mir mitteilte, während sich die anderen stritten, erkannte ich: Mein Papa wusste noch gar nichts davon. Bei Tom Kretschmann war ich mir nicht sicher. Sah er so schlecht aus, weil er es wusste, oder hatte sie es ihm noch gar nicht gesagt?

Der Chefarzt wollte mir Ruhe verschaffen. Alles sei viel zu aufregend für mich, sagte er und forderte die Erwachsenen auf, sich woanders zu zanken.

Mein Papa drehte jetzt voll auf: Die Sicherheitsvorkehrungen hier seien lächerlich. Er sei ins Spital gekommen, ohne sich ausweisen zu müssen. Wer sage denn, ob er nicht eine Waffe bei sich trage.

»Aber Sie sind sein Vater!«, verteidigte sich Claudia Schmidli.

Mein Vater lachte grimmig: »Ja. Das kann jeder behaupten. Mein Sohn ist dem Entführer entkommen. Wer sagt Ihnen, dass das Schwein nicht hier aufkreuzt, um ihn zu töten, damit er ihn nicht identifiziert?«

»Jetzt reicht es!«, zischte der Chefarzt. »Sie machen dem Jungen Angst. Was er erlebt hat, war schon schlimm genug!« Er versuchte, sie alle aus dem Zimmer zu drängen. Nur meine Mutter blieb stumm bei mir auf der Bettkante sitzen, ihre Hände auf meiner Hand.

Draußen auf dem Flur verlangte mein Vater ein Sondereinsatzkommando. Wachen vor dem Krankenhaus, im Flur und in meinem Zimmer. Ein lächerlicher Uniformierter und eine Kommissarin reichten ihm nicht.

Wie um ihn zu bestätigen, kamen jetzt ein Kamerateam und ein Fotoreporter die Treppe hoch. Mein Pa warf sie brüllend raus.

Leise fragte meine Mutter mich jetzt: »Wie hast du es gemerkt?«

»Ich habe seine Seele gespürt«, antwortete ich, ohne zu überlegen.

»Seine Seele?« Die Augen meiner Mutter wurden sofort feucht.

Ich nickte. »Ja. Seine Seele.«

»Ist sie in mir?«, wollte sie wissen.

»Nein, es ist eher so, dass du in ihr bist.«

Ja. Ich staunte über meine Worte, aber genau so kam es mir vor. Als sei meine Mutter umgeben von etwas. Es kam mir komischerweise gar nicht jung vor, sondern eher sehr alt und irgendwie wissend. Wie der Schutzengel, der mein Opa manchmal für mich war.

17.

Ich wurde zwei Tage später entlassen. Ich musste einige Befragungen über mich ergehen lassen. Fast immer waren mein Vater und meine Mutter dabei. Sie schirmten mich gegen alle Reporter ab. Erst fand ich das gut. Dann hörte ich, wie mein Vater mit seinem Handy telefonierte. Das Wort »Exklusivinterview« fiel. Ich begriff, dass mein Vater meine Geschichte verkauft hatte. Ein privater Fernsehsender und eine Illustrierte hatten große Geldsummen bezahlt. Bestandteil des Vertrages war, dass ich nur mit ihnen sprechen durfte.

Inzwischen hatte die Schweizer Polizei die Hütte gefunden, in der ich gefangen gehalten worden war.

Mein Vater erklärte mir alles ganz genau: »Du sollst mit dem Fernsehteam und den Reportern von der Illustrierten in die Hütte. Da erzählst du ihnen ganz genau, wie alles gelaufen ist.«

Meine Mutter war entschieden dagegen. Sie sagte, dort würde ich »retraumatisiert«. Keine Ahnung, was sie damit meinte, aber es hörte sich nicht gut an.

Mein Vater antwortete darauf nur: »Es war teuer, ihn freizukaufen, Jutta. Wir sind so gut wie blank.«

Sie funkelte ihn böse an. Solche Sachen waren ihrer Meinung nach nicht für meine Ohren bestimmt.

Ich bekam sofort ein schlechtes Gewissen. »Habt ihr wirklich zehn Millionen für mich bezahlt?«, fragte ich.

Meine Mutter biss sich fast die Unterlippe blutig und schwieg. Mein Vater nickte und zählte auf: »Auf den Konten hatten wir an verschiedenen Rücklagen und Festgeldern fast acht Millionen. Eine haben wir durch den Verkauf von Immobilien erzielt und eine durch Kredite finanziert.«

Ich wusste, was Immobilien waren. Es ist eigentlich nur ein Wort für Häuser oder andere unbewegliche Sachen.

»Das gehört doch jetzt wirklich nicht hierher«, flüsterte meine Mutter.

»Robert soll ruhig wissen, was er uns wert ist«, grinste mein Pa.

»Sind wir jetzt pleite?«, fragte ich. »Gehört uns unser Haus nicht mehr?«

Meine Mutter schüttelte den Kopf. Mein Vater nickte.

»Also, was jetzt?«, hakte ich nach. »Wo wohnen wir? Haben wir kein Zuhause mehr?«

»Doch«, sagte meine Mutter, »wir wohnen in unserer Villa wie immer. Alles ist beim Alten geblieben.«

»Das Haus gehört nur nicht mehr uns, sondern der Bank«, fügte Papa sachlich hinzu.

»Okay«, sagte ich. »Das mit dem Interview geht in Ordnung. Ich packe das schon.«

»Tapferer Junge«, lobte mich mein Vater.

18.

Wir wurden von dem Fernsehteam und einem Sicherheitsdienst vom Spital in Brig nach Luzern gebracht, ins Hotel Rebstock am Vierwaldstätter See. Hier, so meinte ein Henning Orthmann, der bei der Fernsehtruppe das Sagen hatte, würde mich der Rest der Meute nicht suchen. Später sollte ich mit einem Hubschrauber zu der Hütte gebracht werden.

Dieser Henning Orthmann schien alle anderen Fernsehreporter zu hassen. Er sprach über sie nur als »die Meute« oder »die Bluthunde«. Manchmal nannte er seine Konkurrenten auch mit fast zärtlichem Spott »die Abstauber«.

Ich hatte jetzt zwei Leibwächter. Sie sahen nicht aus wie Bodyguards im Film. Keine Sonnenbrillen. Keine schwarzen Anzüge. Sie hatten nur beide einen Knopf im Ohr und waren ständig über Funk mit anderen Securityleuten verbunden, die ich nicht sah.

Einer der Leibwächter war eine Frau. Ich fragte sie, ob das dann Leibwächterin heiße. Sie schwieg und lächelte nur. Die anderen nannten sie »die Tigerin«. Sie war klein und sah fast zierlich aus, aber sie war drahtig und garantiert voll durchtrainiert. Sie trug ein sportliches Jackett und eine Jeans. Ihre Augen waren flink. Ihr entging nichts. Aber Claudia Schmidli wäre mir lieber gewesen.

Im »Rebstock« bekam ich wenigstens zu essen, was ich wollte. Die Eisbecher waren riesig. Die halben Hähnchen hießen hier Mistkratzerli, waren wirklich knusprig und schmeckten wie in meinen Träumen, auch wenn ich sie auf meinem Zimmer essen musste und nicht ins Restaurant runterdurfte.

Dann tauchte Claudia Schmidli auf. Die Bodyguards wurden hektisch. Sie wollten die Polizistin nicht zu mir lassen.

Mein Vater war blass vor Wut. Er wollte wissen, wo die Sicherheitslücke war und warum die Polizistin wusste, wo ich mich befand.

Sie lächelte ihn an: »Wir sind hier in der Schweiz. Es gibt ein Meldewesen für ausländische Touristen. Was glauben Sie, wie viele Familien mit Bodyguards und einem Fernsehteam im Moment durch die Schweiz reisen? Wir hätten auch ihre Handys orten können, aber das war gar nicht nötig.«

»Was wollen Sie?«, fragte mein Pa bissig. »Ihre Anwesenheit gefährdet die Sicherheit meines Sohnes. Wer sagt uns, dass Sie den Entführer nicht direkt zu uns geführt haben?«

Scharf gab sie zurück: »Sie haben doch wohl mehr Sorge, ein Fernsehteam könnte mir gefolgt sein und Ihr schönes Geschäft mit Ihrem Sohn würde platzen.«

Mein Vater zeigte sich empört und drohte eine Dienstaufsichtsbeschwerde an.

Ich löffelte mein Eis. Es schmeckte, wie Claudia Schmidli roch.

»Ich habe eigentlich nur eine Frage: Sie kannten diesen Freddy Frambach doch schon lange.«

Mein Vater und meine Mutter nickten beide.

»Haben Sie nie gemerkt, dass er der Entführer ist?«

»Seine Stimme am Telefon war verzerrt.«

»Ja. Klar. Aber bei der Geldübergabe ...«

»Die erste ist gescheitert, weil die Polizei dabei war. Bei der zweiten habe ich alles genau so gemacht, wie der Kidnapper wollte.«

»Sie haben ihn also gesehen?«

»Ich habe den Geldkoffer im Frankfurter Hauptbahnhof bei McDonald's stehen lassen, genau wie verlangt.«

»Und dann?«

»Dann bin ich gegangen.«

»Das glaube ich Ihnen nicht.«

»Bitte?«

Claudia Schmidli zeigte auf meinen Vater. »Herr

Sonntag! Sie haben einen Koffer mit zehn Millionen Euro bei McDonald's abgestellt, ohne sich zu vergewissern, dass der richtige Mann ihn abholt?«

Mein Vater wand sich. Die Frage war ihm unangenehm.

»Ja. Ich habe einen Mann mit dem Koffer weggehen sehen. Es ging alles sehr schnell. Ich war aufgeregt. Ich habe ihn nur von hinten gesehen. Ich gebe zu, ich dachte einen Moment, das könnte Freddy sein. Aber dann habe ich den Gedanken wieder verworfen.«

»Sie sahen ihn also von hinten?«

»Hm. Ich habe das der deutschen Kripo schon erzählt.«

Sie lächelte. »Ja. Haben Sie. Sie haben gesagt, ein Unbekannter hätte den Koffer an sich genommen. Ein Mann mit Hut, Bart und …«

Papa wurde laut: »Ich habe dem Entführer versprochen, nicht mit der Polizei zusammenzuarbeiten. Mein Sohn war noch in seiner Gewalt. Ich wollte Roberts Freilassung nicht gefährden!«

Ich hörte zu und löffelte weiter mein Eis.

»Wir haben geahnt, dass es jemand aus unserer näheren Umgebung war. Er wusste genau, wie viel wir maximal auftreiben konnten. Er hat alles aus uns herausgepresst«, sagte meine Ma mit kratziger Stimme. »Außerdem wusste er, wo Robert ins Internat ging. Das stand schließlich in keiner Zeitung.«

»Haben Sie ihn bei der Geldübergabe erkannt oder nicht, Herr Sonntag?«

Mein Pa gab sich geschlagen. »Ja«, sagte er. »Ich habe ihn erkannt. Er sah mir in die Augen und drohte mir.«

Mein Vater schluckte. Er war den Tränen nahe. Ich hatte ihn noch nie weinen sehen.

»Er drohte, Robert zu töten, wenn ich ihn verrate. Er sagte: Vergiss nicht unsere Abmachung. Keine Zusammenarbeit mit der Polizei.«

»Hm.« Die Kommissarin ging nachdenklich auf und ab. »Wie konnte er sicher sein, dass Sie sich an die Abmachung halten?«

»Er hatte meinen Sohn.«

»Und danach?«

Mein Pa wölbte die Brust. »Er wusste, dass ich mich immer an Absprachen halte. Ich habe nie ein Versprechen gebrochen.«

»Das hört sich für mich kitschig an. Romantisch. Jeder andere hätte an seiner Stelle einen Komplizen geschickt. Einen Mann, den Sie nicht kannten. Warum kam er selber?«

Jetzt zündete sich mein Vater eine Zigarre an. Er paffte dicke Qualmwolken gegen die Decke. Meine Mutter öffnete sofort ein Fenster. Von draußen kamen Straßengeräusche ins Zimmer und Glockenläuten.

»Ich denke, er war ein Einzeltäter. Er hatte keine Komplizen. Und warum hätte er sich vor mir verstecken sollen? Robert hat er ja auch sein Gesicht gezeigt. Wir kennen seine Pläne nicht. Vielleicht ist er verrückt? Wollte sich in Indien das Gesicht umoperieren lassen oder was weiß ich?!«

Ich zeigte auf die weißen Plastikdosen an der Decke. »Papa, ich glaube, das sind Rauchmelder.«

Sofort ging er ins Bad und löschte seine Zigarre unter einem Wasserstrahl.

»Er hat recht«, sagte meine Mutter überflüssigerweise. »Das ist ein Nichtraucherzimmer. Das ganze Hotel ist von diesen alten Holzbalken durchzogen. Der Boden ... alles ist aus Holz.«

Als mein Vater aus dem Bad zurückkam, sah er Claudia Schmidli an, als ob er sagen wollte: Wenn es das war, dann lassen Sie uns bitte allein.

Bevor die Worte über seine Lippen kamen, sagte sie: »Wissen Sie, was ich glaube? Ich glaube, dass Freddy Frambach ganz sicher war, von Ihnen nicht verraten zu werden, weil er Sie in der Hand hatte.«

»Bitte was?«

»Er war Ihnen sehr nah in Ihrer Führungsclique. Ich glaube, dass es da irgendein Geschäft gab, das nicht ganz sauber war. Er wusste davon, und das gab ihm Sicherheit.«

Mein Vater stellte sich aufrecht hin. »Das Gespräch ist hiermit beendet. Wenn Sie noch Fragen haben, dann bitte schriftlich an meinen Anwalt.«

Er wies ihr den Weg zur Tür.

Dann platzte Claudia Schmidli mit der Nachricht heraus. Freddy Frambach war gefunden worden.

Die Lippen von meinem Pa zitterten. Er griff nach seinem Zigarrenetui und fischte eine Habano heraus, zündete sie aber nicht an, sondern schob sie zurück.

»Und?«, fragte er unsicher.

Claudia Schmidli beobachtete ihn wie eine Wissenschaftlerin eine Flüssigkeit in einem Reagenzglas. Sie ließ sich Zeit, bis sie antwortete: »Er ist erschossen worden.«

»Erschossen?«, fragte mein Vater, als hätte er das Wort noch nie im Leben gehört und würde den Sinn nicht verstehen.

Ich hatte den Mund voller Eis. Ich war nicht erleichtert, das zu hören. Ich war auch nicht schadenfroh oder so. Er tat mir fast ein bisschen leid, stellte ich überrascht über mich selber fest.

»Selbstmord?«, fragte mein Vater.

»Wohl kaum«, antwortete Claudia Schmidli. »Bei zwei Kugeln im Kopf.«

19.

Die Fahrt zur Hütte wurde wegen Freddys Tod verschoben. Dieser Henning Orthmann vom Fernsehen drängte uns zwar, wollte aber nach einem Gespräch mit seinem Chefredakteur »mit der aktuellen Nachrichtenflut in dem Fall die Zuschauer nicht überfordern«. Für den nächsten Tag war eine Sendung angesetzt worden. Orthmann verkündete stolz: »Primetime! Zwanzig fünfzehn! Sechzig Minuten!«

Mich interessierte etwas ganz anderes. Meine Eltern schliefen zusammen in einem Zimmer. Tom Kretschmann reiste zerknirscht ab. Hieß das, meine Eltern waren wieder zusammen? Hatte meine Entführung und die Angst um mich sie wieder als Paar zusammengebracht? Oder machten sie das nur für die Presse, weil die sich sorgende Familie besser aussah als ein Scheidungsfall im Kampf ums Haus und ums Geld?

Ich musste lachen bei dem Gedanken. So traurig alles war, so komisch war es auch. Jetzt, da wir pleite waren und der Entführer alles Geld hatte, gab es bei einer Scheidung auch nichts mehr zu verteilen. Kein Vermögen, um das Staranwälte kämpfen konnten.

Ich lag allein in meinem Bett und starrte den Feuermelder unter der Decke an. Etwas ging mir nicht aus dem Kopf. Warum hatte mein Vater gelogen? Er hatte Freddy den Koffer mit dem Geld nicht übergeben. Das war ganz unmöglich. Freddy war zur Zeit der Geldübergabe bei mir. Mehr als tausend Kilometer vom Frankfurter Hauptbahnhof entfernt. Das von Papa geschilderte Treffen bei McDonald's konnte so gar nicht stattgefunden haben. Und ich erinnerte mich daran, wie Freddy reagiert hatte, als er von der Geldübergabe erfuhr.

Papas Lügerei ergab nur dann einen Sinn, wenn er einen anderen damit schützte, indem er alles Freddy in die Schuhe schob. Es musste mindestens einen Komplizen geben, und der hatte sie alle reingelegt. Er war mit dem Geld abgehauen und hatte Freddy mit mir zurückgelassen.

Aber welche Rolle spielte mein Vater? War der Komplize so gefährlich, dass mein Vater fürchtete, er könnte mir etwas antun, wenn die Wahrheit ans Licht kam? Zweifellos war dieser Mann brutal. Schließlich hatte er Freddy erschossen.

Mir brummte der Kopf von all diesen Überlegungen. Ich rollte mich im Bett zusammen, umarmte ein dickes Kissen und ließ meinen Tränen freien Lauf.

Opa, dachte ich, mein lieber Opa! Bitte, wo bist du? Was soll ich tun? Soll ich der Kommissarin Schmidli erzählen, was ich weiß? Verrate ich damit meinen Papa? Darf man das? Soll ich es meiner Mutter erzählen, oder treibe ich damit einen Keil zwischen die beiden, wo sie sich doch gerade erst wieder gefunden haben? Opa! Was soll ich tun?

Aber mein Opa antwortete mir nicht. In dieser Nacht begriff ich, dass er mich endgültig verlassen hatte. Ich fühlte mich schrecklich. Ich war jetzt viel einsamer als in der Holzkiste.

Okay, Opa, du hast mir über diese schwere Zeit hinweggeholfen, aber bitte, lass mich jetzt noch nicht im Stich! Jetzt noch nicht. Ich muss dich noch so viel fragen ... Ich komme alleine nicht klar.

»Opa!«, schrie ich. »Opa!«

Als Erste sprang die Tigerin kampfbereit in mein Zimmer. Dann kam meine Mutter und zuletzt mein Vater.

Meine Ma griff mir an die Stirn. »Er ist klatschnass und heiß. Er hatte einen Albtraum«, sagte sie. »Wir sollten das mit dem Interview morgen in der Hütte noch mal überdenken.«

»Nein! Ich schaffe das!«, versprach ich. »Ganz bestimmt.«

Meine Mutter beschloss, bei mir zu bleiben in dieser Nacht. Ich kuschelte mich an sie und fühlte mich nicht mehr einsam. Ich legte wieder eine Hand auf ihren Bauch.

»Bist du mit Papa wieder zusammen?«, fragte ich.

»Wir sind uns unserer Gefühle noch nicht ganz sicher. Aber ich glaube schon, dass wir es noch einmal miteinander versuchen werden.«

Ich fragte nicht, ob das Baby von ihm war oder von Tom Kretschmann. Ich versuchte, meine verwirrten Gedanken zu ordnen und einzuschlafen.

Mein Opa glaubte daran, dass nichts auf der Welt wirklich verschwand. Er hatte mir das so erklärt: So, wie Wasser, wenn es verdampft, nicht wirklich weg ist, sondern als Regen zurück auf die Erde fällt und so, wie Eis, wenn es schmilzt, wieder zu Wasser wird, so verändert der Mensch nur seine Gestalt, wenn er stirbt. Die Seele wird als neuer Mensch wiedergeboren. Zum Glück hat er dann aber alles vergessen. Im Mutterleib wird die Erinnerung gelöscht.

Ich hielt das immer für einen ziemlich spannenden Gedanken.

Mein Opa sagte, wer glaubt, dass er wiedergeboren wird, geht sorgsamer mit der Umwelt um. Ihm ist nicht alles egal. So, wie er die Welt verlässt, so wird er sie wieder antreffen.

Vielleicht, dachte ich, vielleicht höre ich nichts mehr

von meinem Opa, weil er recht hatte. Vielleicht macht er jetzt gerade irgendwo auf der Welt »Báähh!«.

Ich fand den Gedanken tröstlich. Ich wünschte meinem Opa, dass er – wer immer er jetzt war – glücklich war. Ich begriff, dass ich ab jetzt wirklich alleine klarkommen musste.

20.

Beim Frühstück auf dem Zimmer sprach ich meine Gedanken aus. Mein Vater war schon vollständig angezogen. Er aß, weit nach vorn gebeugt, vorsichtig ein Bircher Müsli, weil er Angst hatte, seine silberne Krawatte zu bekleckern. Meine Mutter und ich waren noch in Schlafanzügen.

»Freddy kann das Lösegeld nicht geholt haben, Papa. Er war bei mir.«

Jetzt fiel seine Krawatte voll ins Müsli. Er bemerkte es gar nicht.

»Was redest du da? Du warst in einer Kiste eingesperrt!«

»Ich hatte Löcher in der Kiste. Ich habe alles im Fernsehen gesehen. Außerdem bin ich weggelaufen. Als er mit mir zurückkam ...«

Jetzt bemerkte mein Pa, was mit seiner Krawatte passiert war. Er öffnete sie und zog sie sich vom Hals. Er sah wütend aus. Aber er versuchte, sachlich zu bleiben.

»Du warst verwirrt. Er hat dich bestimmt unter Drogen gesetzt. Dann die Angst. Da verliert man jedes Zeitgefühl.«

Ich schüttelte den Kopf. »Nein, Papa. So ist es nicht gewesen. Warum lügst du?«

Er schlug mit der rechten Faust so fest auf den Tisch, dass das Geschirr hüpfte und klirrte. »Willst du das gleich in der Hütte in die Kamera erzählen? Willst du einen Lügner aus mir machen?« Er hob drohend den Zeigefinger. »Junge! Du weißt nicht, was du tust!«

Sein Ausbruch war so heftig, dass ich sofort heulen musste. Meine Ma nahm mich schützend in die Arme. Sie sah ihn tadelnd an.

Er entschuldigte sich sofort und sagte dann: »Bitte, Robert. Sieh mich an. Wir haben alle eine schreckliche Zeit hinter uns und unsere Nerven liegen blank. Es ist nicht klug, wenn wir jetzt übereinander herfallen. Du bist gerettet, und nur das zählt. Mit den Burschen ist nicht gut Kirschen essen. Sie haben Freddy erschossen. Er war nur ein nützlicher Idiot für sie. Die haben von Anfang an vorgehabt, ihn zu opfern. Jetzt gibt es keinen mehr, der sie verraten kann.«

Er nahm einen Schluck Kaffee. Seine Stimme war jetzt wieder ganz sanft. »Ich will doch nur, dass alles rasch vorbei ist und sie uns endlich in Ruhe lassen. Natürlich hat Freddy das Geld nicht geholt. Aber wenn sie hören, dass ich das sage, wissen sie auch, dass ich Wort halte und wir nicht wirklich mit der Polizei zusammenarbeiten. Dann ist der ganze Spuk bald vorbei. Also bitte, Robert – mach keinen Mist.«

»Du hast wirklich gelogen?«, fragte meine Mutter ungläubig.

Er nickte. »Überleg doch mal. Wenn es wirklich Freddy gewesen wäre, dann hätte ich es dir doch sofort erzählt. Habe ich aber nicht. Ein mir völlig Unbekannter hat das Lösegeld an sich genommen.«

»Okay«, flüsterte meine Ma. »Wir müssen jetzt alle zusammenhalten. Da draußen läuft irgendwo noch ein sehr gefährlicher Mann herum. Er hat alles organisiert und er hat Freddy erschossen. Er besitzt jetzt unser ganzes Geld. Wir haben im Fernsehen versprochen, nicht mit der Polizei zusammenzuarbeiten, wenn er dich freilässt, Robert. Das werden wir also auch nicht tun. Wir halten Wort. Dieser böse Mensch ist bestimmt nervös. Der Mord war sicherlich auch eine Warnung an uns. Wir sollten ihn nicht provozieren.«

Mama sah meinen Vater an und nahm seine Hand. Dann meine. Jetzt saßen wir um diesen runden Frühstückstisch wieder zusammen wie eine richtige Familie.

»Alles wird gut, Robert. Bitte mach das jetzt nicht kaputt.«

Ich nickte.

»Versprochen?«, fragte mein Vater.

»Versprochen«, sagte ich. Doch tief in mir drin wuchs ein Verdacht. Ich wagte nicht, ihn auszusprechen. Ich wollte ihn nicht einmal denken. Trotzdem war er da. Der Verdacht wütete in mir wie eine Viruskrankheit, die immer schlimmer wurde. Der Verdacht ließ mich fast irre werden. Ich fühlte mich schuldig, weil ich ihn hatte – nein, so etwas durfte man gar nicht denken. Kein guter Sohn denkt so etwas über seinen Vater!

21.

Den Termin mit dem Fernsehteam in der Hütte meisterte ich erstaunlich gut. Mir wurde nicht schwindlig. Ich bekam keine Panikattacke. Ich hatte auch kein Problem, die Hütte zu betreten oder darin zu atmen. Sachlich konnte ich von meinen Erlebnissen berichten. Es war, als würde ich von einem Film erzählen, den ich im Kino gesehen hatte, gar nicht so, als sei mir das selbst alles passiert.

Henning Orthmann kommentierte das so: »Welch ein ungewöhnlicher Junge. Er ist völlig gefasst. Er wirkt auf mich erwachsener als viele Erwachsene. Woher, fragt man sich unwillkürlich, hat dieses Kind die Kraft genommen, das alles – scheinbar ohne seelische Schäden – zu überstehen?«

Von meinem Opa erzählte ich natürlich nichts.

Meine Mutter stand die ganze Zeit mit meinem Vater

etwas abseits an einer Wand gelehnt. Sie sahen mir zu und hielten Händchen. Ja, sie sahen aus wie frisch verliebt.

Die nächsten Wochen erlebte ich wie unter einer Glasglocke. Die Tigerin blieb immer in meiner Nähe. Meine Eltern hatten sie als meine persönliche Beschützerin engagiert. Sie war wie mein Schatten. Immer da. Wenn ich Fernsehen guckte, bewachte sie mich. Wenn ich Freunde traf, war sie dabei. Wenn ich in die Badewanne ging, stand sie vor der Tür. Manchmal wurde sie von wechselnden Männern abgelöst. Das fand ich weniger angenehm. Diese Typen mischten sich schon mal gerne ein, spielten sich als meine Erzieher auf oder so. Die Tigerin antwortete nur knapp, wenn ich sie etwas fragte. Nie sprach sie mich von sich aus an.

Meinen Vater sah ich nicht oft. Mama erklärte mir, er habe jetzt die ganze Verantwortung für die Firma. Es seien schwierige geschäftliche Zeiten. Einerseits waren alle Ersparnisse weg, andererseits liefen einige Filialen im Ausland überhaupt nicht. Außerdem habe »die Sache mit Freddy« einige Unsicherheiten geschaffen. Vorsichtshalber hätte mein Pa den ganzen Raucherclub entlassen. Das sei aber teuer geworden. Einige hätten unverschämt hohe Abfindungen erstritten. Aber zwischen ihnen beiden sei alles wieder wie am Anfang. »Ich bin richtig wie frisch verliebt«, sagte sie.

Konnte ich ihr, der frisch Verliebten, wirklich meine

Gedanken anvertrauen? Manchmal bekam ich Angst vor mir selbst. Ja, ich gestehe es, in einer dunklen Ecke meiner Seele, versteckt vor der ganzen Welt, verdächtigte ich meinen Vater, die Entführung organisiert zu haben. Inzwischen hatte ich mich viel mit Entführungen aller Art auseinandergesetzt. Wen wundert das? Ich hatte jede verfügbare DVD gesehen. Spielfilme. Dokumentationen. Reportagen. Alles. Ich bestellte mir im Internet Bücher über die spektakulärsten Entführungsfälle. Ich wurde sozusagen zum Entführungsspezialisten. Und dabei lernte ich eins: Für jeden Gangster war das größte Risiko die Lösegeldübergabe. Dabei wurden die meisten geschnappt. Aber wenn nun der, der das Geld übergeben sollte, mit den Tätern gemeinsame Sache machte, war das dann nicht genial? Wenn der Geldbote die Polizei austrickste und abhängte, um so dem Erpresser wirklich heimlich das Geld auszuhändigen ...

Hatte mein Vater, als er merkte, dass er im Scheidungsprozess so gut wie leer ausgehen würde, mich entführen lassen, um sich die zehn Millionen zu holen? Er wusste genau, wie viel Geld Opas alter Laden flüssig machen konnte. Aber wenn es so gewesen war, dann musste etwas schiefgelaufen sein.

Warum hätte mein Vater sich wieder mit meiner Mutter vertragen sollen? Warum genoss er nicht seine Millionen auf Hawaii, statt sich für die überschuldete Firma abzurackern? War mein Vater nichts weiter als ein betrogener Betrüger? Hatte einer seiner Komplizen mehr kriminelle Energie gehabt als er? Hatten sie von Anfang an geplant, Freddy umzubringen, damit sie nicht verraten werden konnten und nicht teilen mussten? Wann hatte Freddy gemerkt, dass nicht nur ich das Opfer war, sondern auch er selbst?

Aber etwas machte mir besondere Magenschmerzen: Ich wusste von Anfang an, wer mich entführt hatte. Gehörte es also auch zu ihrem Plan, mich umzubringen? Hatte mein eigener Vater meinen Tod mit einkalkuliert?

Ich schämte mich für diesen Gedanken. Nein, das durfte nicht so gewesen sein. Es musste noch eine andere Möglichkeit geben!

Ich stellte mir vor, wie mein Vater, Freddy und noch einer aus dem Raucherclub nach Opas Tod zusammensaßen und wütend über Opas Testament schimpften. Er hatte ja praktisch mich zum Alleinerben bestimmt. Meine Mutter bekam einen Pflichtteil, aber ich die Stimmenmehrheit in der Firma. Ich ging zwar noch zur Schule, war aber praktisch ihr Boss. Sie fühlten sich ungerecht behandelt und beschlossen, die Dinge, die in eine Schieflage geraten waren, wieder zurechtzurücken. Freddy sollte mich entführen und lange genug festhalten, bis mein Vater dem anderen das Lösegeld übergeben hatte.

Warum hatte Freddy mich nicht maskiert gekidnappt? War es ihm misslungen? Hatte er Angst, mit einer Maske nicht weit zu kommen? Konnte er mich überhaupt wochenlang gefangen halten, ohne dass ich sein Gesicht sah? Hatte Freddy ganz alleine entschieden, mich zu töten?

So viele Fragen. So wenig Antworten!

Ich flehte meinen Opa an, mir einen Hinweis zu geben. Aber es war wie damals während der Mathearbeit. Er ließ nichts von sich hören, statt mir die richtige Lösung ins Ohr zu flüstern, die er garantiert wusste.

Warum lässt du mich hängen, Opa? Ich brauch dich jetzt wirklich!

Oder war ich einfach nur ein überdrehter Spinner? Hatte ich nie Kontakt zur Seele meines toten Opas gehabt? War das alles nur in meiner Einbildung geschehen? War mein Vater ein lieber Mensch, dem ich grauenhaft unrecht tat? Schon mein Opa hatte ihn im Grunde immer stiefkindlich behandelt. Nichts konnte er meinem Opa recht machen. Vielleicht war mein Papa einfach nur ein netter Kerl, der immer die schlechteren Karten hatte, weil er eben kein richtiger Sonntag war.

Ich begann, mich schlecht zu fühlen. Irgendwie schuldig. Sogar im Mund hatte ich einen fiesen Geschmack, ganz so, als würde der Müll in mir anfangen zu stinken.

Wann wurde ich endlich normal? Einerseits lauerte ich darauf, die Stimme meines Großvaters wieder zu hören. Andererseits war ich froh, dass der Spuk endlich vorbei war. Ich wollte ein ganz normaler Junge werden, mich für Rennsport interessieren oder wenigstens für Musik und Mädchen und … ach … In Wirklichkeit wollte ich doch nur eines wissen: War mein Vater in meine Entführung verwickelt oder nicht?

Ich hörte, wie er zu meiner Mutter sagte, er würde das Kind annehmen wie sein eigenes. Inzwischen war ihr Bauch unübersehbar dick geworden und sie blätterte ständig in Zeitschriften mit Babysachen. Ein Zimmer im Haus wurde zum Kinderzimmer umgebaut. Es war eigentlich Opas Nachdenkraum. Hierher hatte er sich immer zurückgezogen, wenn er von der Welt nicht gestört werden wollte. Es gab neben vielen Büchern eigentlich nur ein Sofa, eine Leselampe und ein großes, hölzernes Schaukelpferd. Darauf ritt Opa, wenn er nachdachte. Die anderen sollten das nicht sehen, vor allem die Mitglieder vom Raucherclub. Außer mir durfte keiner den Raum betreten, wenn Opa drin war. Angeblich war das Schaukelpferd für mich. Aber das stimmte nur zum Teil.

Früher wurde Opas Zimmer auch *die Bibliothek* genannt. Seine eigentliche Bibliothek lag aber in einem ganz anderen Teil des Gebäudes und war viel größer. Der Nachdenkraum war Opas Lieblingszimmer gewesen. Er hatte darin die Decke von einem Maler als Nachthimmel mit Sternen streichen lassen. »So kann ich beim Nachdenken immer ins Universum gucken«, hatte Opa mir mal verraten.

Papa sagte, die Decke könnte bleiben und das Schaukelpferd auch, »der restliche Mist« sollte weggeworfen werden. Ich fand den Gedanken witzig, dass mein Geschwisterchen – inzwischen wussten wir, dass es eine kleine Schwester wird – von ihrem Babybett aus in Opas Sternenhimmel gucken würde. Das Schaukelpferd war eigentlich noch viel zu groß für sie, aber es sah im Kinderzimmer klasse aus. Es war bunt, mit Federn geschmückt und groß wie ein richtiges Pony.

Ich saß auf dem Schaukelpferd wie sonst mein Opa. Es knarrte und wippte leicht vor und zurück. Vielleicht stimmte es ja, was Tante Hedwig über ihn gesagt hatte: »Er ist ein Kind geblieben. Je reicher und unabhängiger er wurde, umso mehr entwickelte er sich zum Kind zurück.«

Dann geschah etwas, das mich ganz aus der Bahn warf.

Meine Mutter war wieder mal vom Arzt zurückgekommen. Je dicker ihr Bauch wurde, umso öfter lief sie zum Arzt. Ihre Blutwerte waren okay, wie sie mindestens zu jeder Mahlzeit betonte, und mein Schwesterchen entwickelte sich »bilderbuchmäßig«. Meine Ma kochte jetzt leidenschaftlich gerne. Leider immer so gesundes Zeug. Aber dann machte sie einen Erdbeer-Vanille-Ananas-Quark, von dem ich gar nicht genug kriegen konnte. Ich aß drei Portionen. In der Nacht wurde mir dann schlecht. Es war, als hätte ich ein schlafendes Tier verspeist, das jetzt wach wurde. Es rumorte in meinem Magen, biss in meine Därme und versuchte, die Speiseröhre wieder hochzukriechen.

Ich stand auf und rannte barfuß ins Bad, um mich zu übergeben. Danach ging es mir etwas besser. Ich putzte mir noch die Zähne und gurgelte mit Mundwasser, weil der Geschmack im Mund so eklig war.

Als ich zurück ins Bett wollte, sah ich, dass im Arbeitszimmer meines Vaters noch Licht war. Er sprach mit scharfer Stimme. Neugierig, mit wem er redete, schlich ich zur Tür.

Ich fragte mich, wo die Tigerin war. Schimpfte er gerade mit ihr so?

Mein Vater telefonierte. Er stand dabei mit dem Rücken zur Tür und sah aus dem Fenster. Er gestikulierte, als ob er seinen Gesprächspartner sehen könnte. Er wippte, wenn er schwieg und zuhörte, in den Schuhen auf und ab. Das Leder quietschte gequält.

»Ich habe dir unmissverständlich klargemacht, dass ich dich hochgehen lasse, wenn du dich nicht an die Absprachen hältst.«

Er wurde kurzatmig und wippte schneller. Mit dem Zeigefinger schnitt er durch die Luft wie mit einer Klinge.

»Nein! Nein! Nein! Und nochmals Nein! Ich? Was soll ich denn fürchten? Oh nein, das glaubt dir doch kein Mensch! Ist mir doch egal, was du für Gespräche aufgezeichnet hast! Das ist vor Gericht alles völlig wertlos. Sprich mir einen beliebigen Satz auf Band, und ich mache daraus dein Geständnis, dass du John F. Kennedy ermordet hast! Du bekommst von mir gar nichts mehr! Gar nichts. Aber du weißt, was ich von dir erwarte. Sonst bist du reif.«

Mein Vater musste mein Spiegelbild im Fenster gesehen haben. Ich hatte ganz bestimmt kein Geräusch gemacht. Ganz sicher nicht. Aber plötzlich fuhr er herum. Er steckte das Telefon nicht in die Station zurück, sondern ließ es in seiner Tasche verschwinden. Er lief zu mir und ich rannte – einem plötzlichen Impuls gehorchend – weg. Er folgte mir die Treppe hinauf. »Robi! Bleib stehen! Robi?! Wir wollen doch Mama nicht wecken!«

Oben trieb er mich in die Enge. Ich konnte nicht mehr fliehen.

»Junge«, fragte er, »was ist mit dir?«

»Mit wem hast du telefoniert?« Ich musste wohl weinen, weil Tränen meine Lippen benetzten.

Er schüttelte mich: »Was fällt dir ein? Schleichst dich nachts durchs Haus und belauschst mich?!« Ich strampelte und schrie: »Mit wem hast du gesprochen? War das dein Komplize? Der Mann, der Freddy umgebracht hat?«

Mein Vater funkelte mich an. Für einen Moment befürchtete ich, er könnte mich gegen die Wand drücken und erwürgen. Aber das tat er nicht. Er ließ mich los, ging einen Schritt zurück und sagte fassungslos: »Du glaubst, ich hätte etwas mit deiner Entführung zu tun? Ich bin dein Vater! Ich habe alles, alles für dich getan und du ...«

Ich musste mir in die Hose gemacht haben, denn an meinem rechten Bein klebte der Schlafanzug fest. Tapfer wiederholte ich meine Frage: »Mit wem hast du gerade telefoniert?«

»Mit einem Lieferanten. Steinmeier. Er lässt uns seit Wochen hängen. Bei uns stoppt die Produktion, ich habe Aufträge, kann aber nicht liefern, weil diese Scheißfirma sich nicht an die Verträge hält.« Genervt machte er eine wegwerfende Handbewegung. »Ach! – Aber wer hat dir diese Flausen in den Kopf gesetzt, Robi? Einer der Leibwächter? Die Tigerin?«

Ich schüttelte den Kopf, doch er beantwortete sich die Frage selber. »Ja. Klar. Die Tigerin. Ich hätte es mir denken können. Ich werde diese Männerhasserin ...« Er ballte die Faust.

»Sie ... sie hat nichts damit zu tun«, stammelte ich.

»Geh jetzt ins Bett. Du hast deinen Vater schwer beleidigt. Morgen erwarte ich eine Entschuldigung von dir.«

Ich rannte in mein Zimmer zurück, traute mich aber nicht, mich ins Bett zu legen. Ich kroch unter das Bett. Dort fühlte ich mich irgendwie sicherer. Ich ließ meinen Tränen freien Lauf. Ich bat meinen Opa, zu mir zurückzukommen. Ich betete zu Gott. Aber so sehr ich auch hoffte und flehte, ich konnte von nirgendwo eine Antwort hören.

Ich spielte sogar kurz mit dem Gedanken, alles meiner Mutter zu erzählen. Aber dann entschied ich mich dagegen. Warum sollte ich sie aufschrecken? Sie interessierte sich doch im Moment sowieso mehr für sich und ihr Baby als für mich. Überhaupt schien es mir, als hätte sie die ganzen Vorgänge um meine Entführung aus ihrem Gedächtnis gestrichen. Sie sprach es von sich aus nie an. Als ob nichts geschehen war.

22.

Morgens beim Frühstück stocherte ich in meinem Rührei herum und wartete darauf, dass mein Vater die Entschuldigung einfordern würde. Er tat es nicht. Er hatte es sehr eilig, trank nur schnell einen doppelten Espresso und verschwand, ohne das Rührei auch nur probiert zu haben. Er nippte auch nicht an seinem frisch gepressten Orangensaft.

Meine Mutter bemerkte, wie ich ihm nachsah. »Er steht im Moment unter enormem Druck«, sagte sie zu mir.

Ich schlich mich in sein Arbeitszimmer. Ich wollte auf dem Display des Telefons nachsehen, welche Nummern er zuletzt angerufen hatte. Ich war mir sicher, dass sich keine Firma Steinmeier darunter befand. Wer rief schon nachts in einer Firma an? Aber er hatte alle Nummern gelöscht. Ich konnte weder sehen, wer ihn angerufen noch wen er angewählt hatte. Damit nährte er meinen Verdacht gegen ihn.

Die Tigerin sah ich nie wieder. Auch andere Leibwächter kamen nicht mehr. Papa hatte ihnen gekündigt. Das sei nicht mehr nötig, sagte er, außerdem verschlinge dieses übertriebene Sicherheitsdenken viel zu viel Geld.

Sein Meinungsumschwung löste neue Ängste in mir aus. Wollte mein Vater das Sicherheitsnetz auflösen, weil er irgendeine neue Schweinerei vorhatte? Wollten sie mich vielleicht sogar aus dem Weg räumen, weil ich zu viel wusste?

Ich entschied mich, die Schweizer Kommissarin anzurufen. Ich erzählte ihr alles, was ich wusste. Claudia Schmidli hörte sich an, was ich zu sagen hatte. Sie war sehr nett. Aber am Schluss erklärte sie mir, für den Fall gar nicht mehr zuständig zu sein. Sie gab mir eine neue Telefonnummer. Ich sollte dort anrufen.

Ich wurde sauer und mutlos gleichzeitig: »Was heißt das? Sie sind nicht mehr zuständig? Es ist alles in der Schweiz passiert. Sind jetzt die deutschen Behörden zuständig?«

»Nein«, sagte sie. »Aber der Entführungsfall ist im Grunde abgeschlossen. Du bist frei. Der Entführer tot. Wenn es überhaupt noch einen Fall gibt, dann den der Ermordung von Freddy Frambach. Aber weißt du, Gangster, die sich gegenseitig erschießen, erleichtern der Polizei und der Justiz im Grunde die Arbeit.«

Ich legte einfach auf. Ich begriff eins: Ich war mal wieder ganz alleine. Andere Jungen in meinem Alter hatten vielleicht Freunde oder Sportkameraden. Ich nicht. Ich hatte eigentlich immer nur meinen Opa. Sport fand ich doof.

Jetzt blieb mir nur noch eine Chance. Ich nahm all meinen Mut zusammen und ging zu meiner Mutter. Sie saß mit beiden Händen auf ihrem zum Platzen dicken Bauch auf dem Sofa.

Inzwischen hatten sie sich auf einen Namen für meine Schwester geeinigt: Kira.

Meine Mutter lachte: »Fühl mal. Deine Schwester will wohl Boxerin werden oder Fußballstar. Es wird ihr zu eng. Sie will raus! Kira tritt mich, dass ich kaum noch Luft bekomme.«

Tatsächlich wölbte sich etwas unter Mamas Hand. »Das ist das Köpfchen!«, freute sie sich.

»Mama«, sagte ich mit fester Stimme. »Ich traue Papa nicht. Ich glaube, er hängt in der Sache mit drin.«

Sie staunte mich an. »Wo? In welcher Sache?«

»In der Entführung. Er sagt uns nicht die Wahrheit. Und warum hat er die Leibwächter entlassen?«

Das war der Augenblick, in dem ich die erste und einzige Ohrfeige meines Lebens von meiner Mutter erhielt. Ich glaube, sie erschrak selbst genauso darüber wie ich. Beide sahen wir uns an und wussten nichts zu sagen. Der Schmerz brannte in meiner Seele schlimmer als in meinem Gesicht. Was hatte ich getan? Was musste ich für ein schreckliches Kind sein? Erst verloren meine Eltern wegen mir ihr gesamtes Vermögen, und jetzt hatte ich meine Mutter so sehr gegen mich aufgebracht, dass sie mir eine runterhaute.

Ich drehte mich auf der Stelle um und rannte raus. Sie rief noch etwas hinter mir her, aber das verstand ich nicht.

Draußen vor der Villa brüllte ich den alten Baumbestand an wie ein weidwundes Tier.

Ich mach nur Scheiß, dachte ich. Ich ruiniere alles.

Dann reckte ich mein Gesicht zum Himmel und schrie aus Leibeskräften: »Opa! Opa! Ich brauche dich!«

Ich weiß nicht, wie lange ich so stand und weinte und schrie und scheinbar nichts passierte. Dann, als es zu regnen begann, traute ich mich kaum ins Haus zurück. Am liebsten hätte ich ein paar Sachen gepackt und wäre ausgerissen. Was sollte ich noch hier?

Ich hatte meinen Vater verdächtigt und beleidigt. Meine Mutter war wütend auf mich wie noch nie zuvor. Mein Opa, mein bester Freund, war tot. Und wenn ich mich nicht irrte, schmiedete mein Vater ohnehin Pläne, mich aus dem Weg zu räumen, um an Opas Erbe zu kommen.

Ja, es war am klügsten zu verschwinden. Alles konnte nur noch schlimmer werden und eine Lösung gab es gar nicht – dachte ich.

Ich schlich mich ins Haus zurück, mied Zimmer, in denen ich meine Ma vermutete, und packte meinen Rucksack. Der Regen prasselte gegen die Fensterscheiben. Ich brauchte Geld, das war klar, aber obwohl ich ein reicher Erbe war, besaß ich so gut wie kein Bargeld. Ich hatte zehn Euro fünfzehn im Portemonnaie. Damit kam ich nicht weit. Aber ich wusste, wo mein Opa seine Bargeldreserven gelagert hatte. Natürlich kannte ich die Geheimnummer vom Tresor. Mein Opa hatte keine Geheimnisse vor mir. Wenn mein Vater den Zugangscode nicht verändert hatte, dann ...

Es war mein Geburtsdatum. Ich tippte es ein und mit einem leisen Surren öffnete sich die gepanzerte Stahltür. Im obersten Fach lagen Papiere. Verträge und so was. Darunter, in dem größten Fach, eine riesige Menge Geld. Grüne, gebündelte Hundert-Euro-Scheine. Dahinter braune Fünfziger in dicken Stapeln.

Ich griff mir einen Packen Hunderter und zählte sie durch. Wenn man so viel Geld vor sich aufgeschichtet sieht, kann man unmöglich sagen, wie viel es ist. Ich schätzte fünf, wenn nicht zehn Millionen.

Ich zählte. »Sieben. Acht. Neun. Zehn. Tausend. Tausendeinhundert. Tausendzwei...«

Ich hatte das Kommen meiner Mutter nicht bemerkt. Leichenblass stand sie im Raum wie eine Erscheinung in einem Albtraum. Ihre Lippen waren zu schmalen Strichen geworden.

»Was machst du da, Robert? Bitte sag mir, dass du nicht deinen Vater bestiehlst!«

Ich hätte sagen können: »Wenn hier einer jemanden bestiehlt, dann er mich. Das ist nämlich nicht sein Geld. Das ist mein Geld!«

Aber das tat ich nicht. Ich deutete nur auf die Menge und sagte: »Ich dachte, wir sind pleite.«

Meine Mutter schwankte. Sie atmete schwer. Sie suchte etwas, um sich abzustützen. Mit ihren Augen stimmte etwas nicht. Sie riss sie sehr weit auf, als ob sie nicht richtig sehen konnte. Sie kam einen Schritt in meine Richtung.

»Mama? Was ist mit dir? Geht's dir nicht gut? Ist dir schlecht?«

Sie wankte. Sie schien mich gar nicht zu hören. »Warum tust du so etwas?«, fragte sie mich, sah mich aber nicht dabei an.

»Mama! Guck hin! Das ist doch garantiert ein Teil vom Lösegeld!«

»Nein«, sagte sie. »Nein. Warum sollte dein Vater so etwas tun?«

»Weil er bei der Scheidung leer ausgegangen wäre. Deshalb.«

Meine Mutter kippte um. Sie war nicht ohnmächtig. Es war ein Kreislaufzusammenbruch. Ich legte ihr ein Kissen unter den Kopf und zog einen Stuhl heran, damit sie die Füße hochlegen konnte.

Sie atmete heftig. Ihr Bauch bebte. Da sah ich den nassen Fleck zwischen ihren Beinen. Sie zitterte.

Ich fragte: »Mama? Hast du dir in die Hose gemacht?«

Sie schüttelte den Kopf und griff sich zwischen die Beine. Dann roch sie an ihren Fingern.

»Ich glaube, die Fruchtblase ist geplatzt.«

Das hörte sich dramatisch an, fand ich, aber meine Mutter wirkte jetzt sehr gefasst. Sie bat mich, ihr ein Glas Wasser zu bringen und das Telefon. Die Wehen würden beginnen. Es sei zwar alles ein bisschen früh, aber durchaus ungefährlich. Ich sollte ruhig bleiben und die Nerven bewahren, sagte sie.

Die Nerven bewahren? Ich? Ich fragte mich, ob das ein Witz sein sollte.

Sie wählte die Nummer von ihrem Hausarzt. Ich wollte eigentlich die Tür vom Tresor wieder verschließen, aber da stöhnte meine Mutter heftig auf. Ich vergaß den Tresor sofort wieder und war augenblicklich bei ihr.

Sie hielt mir das Telefon hin. Mit zusammengepressten Zähnen keuchte sie: »Es geht los! Robert, sag ihm, es geht los!«

Seine Sprechstundenhilfe musste ihn erst ans Telefon holen. Ich hatte das Gefühl, es würde alles ewig lange dauern. Dann wollte er wissen, in welchen Abständen die Wehen kämen. Ich hatte natürlich keine Ahnung und fragte meine Mutter. Sie krümmte sich und zitterte wieder. Dann, als ihre Verkrampfung sich löste, sagte sie: »Es ist anders als bei dir, Robert! Das sind keine normalen Wehen. Das geht alles viel zu schnell. Sag ihm, er soll …«

Wieder schüttelte eine Wehe den Körper meiner Mutter so heftig, dass sie nicht sprechen konnte.

»Ich glaube«, sagte ich ins Telefon, »Sie sollten sich beeilen. Wann können Sie hier sein? Oder soll ich lieber einen Krankenwagen rufen?«

Er versuchte, mich zu beruhigen. Angeblich war er schon so gut wie da.

Aber dann ging alles noch viel schneller, als wir dachten. Hunderte winziger Schweißperlen bedeckten das Gesicht meiner Mutter und liefen ihr in kleinen Bächen den Hals runter. Ihre Augäpfel traten dick hervor, als ob sie von innen nach außen gedrückt würden.

Meine Mutter strampelte. »Das ist … das wird eine Sturzgeburt. Sie kommt! Sie kommt!«

Ich holte Handtücher, Decken und Kissen.

Mensch Opa, dachte ich, das ist alles zu viel für mich. Wenn du nur hier wärst! Ich brauche dich so sehr! Wo bleibst du?

Meine Ma bat mich, ihr beim Ausziehen zu helfen. Sie musste jetzt unten herum ganz frei sein. Dann kniete ich zwischen den weit geöffneten Schenkeln meiner Mutter und sah das Köpfchen meiner Schwester kommen. Meine Mutter schrie und presste und japste nach Luft.

Dann klingelte es unten an der Tür. Der Arzt. Endlich!

Ich legte die Kissen so, dass meine Schwester sich auf keinen Fall den Kopf verletzen würde, wenn sie jetzt einfach herausfiel. Dann rannte ich runter und öffnete die Tür.

Der Arzt hörte meine Mutter oben schreien und war schneller die Treppen hoch als ich. Es dauerte gar nicht mehr lange, dann lag mein kleines Schwesterchen auf dem Kissen und strampelte. Sie sah – offen gestanden – hässlich aus. Glatzköpfig und über und über voller Schleim und Blut.

Der Arzt gratulierte meiner Mutter und sagte, es sei alles an Kira dran, was so ein kleiner Mensch brauchte. Dann fragte er mich, ob ich die Nabelschnur durchtrennen wollte. Klar wollte ich!

Es sah komisch aus, noch war der Körper von Kira mit dem meiner Mutter über die Nabelschnur verbunden. Der Arzt klemmte sie ab und zeigte mir die Stelle, die ich mit einer Schere durchschneiden sollte. Es war wie eine dicke Ader, durch die Blut pulsierte.

»Nach dem Schnitt beginnt das eigene, selbstständige Leben«, sagte der Arzt.

Meine Hände zitterten, als ich die Schnur durchtrennte. Kira schrie. Ich begann zu heulen und meine Mama auch.

Kurze Zeit später traf die Hebamme ein. Dann, eine gute Stunde später, mein Vater.

Kira hatte inzwischen alle Untersuchungen hinter sich und lag gewaschen und gewickelt in ihrem Himmelbettchen und schlief. Meine Mutter hatte sich lang auf dem Sofa ausgestreckt und konnte genau wie ich nicht aufhören, Kira anzuschauen. Ich saß auf Opas Schaukelpferd und stellte mir vor, auf ihm mit Kira davonzureiten.

Mein Vater entdeckte den offenen Tresor. Er hatte natürlich sofort eine Erklärung für das Bargeld. Es seien einhunderttausend, sagte er. Schmiergeld, das er für einen großen Auftrag zahlen müsste. So liefe das heute. Die Großkunden würden bei der Auftragsvergabe die Hand aufhalten. Es ging angeblich um einen Riesenauftrag für ein Schwimmbad.

Ich glaubte ihm kein Wort.

Aber dann, als ich von Opas Schaukelpferd aus in Kiras Gesicht sah, da traf mich eine warme, vertraute Energie. Sie breitete sich vom Bett meiner Schwester aus. Dann war es, als würde mich etwas einhüllen.

Ich sah meine kleine Schwester an, und mit einem Mal wurde mir bewusst, wie verletzlich und klein sie war. Diese Erkenntnis traf mich wie ein Schlag. Ohne ein Wort zu sagen, versprach ich ihr: *Ich werde immer auf dich aufpassen. Ich werde dein großer Beschützer sein. Du kannst dich immer, immer auf mich verlassen.*

Wenn ich mich nicht täuschte, lächelte Kira. In ihrer Nähe fühlte ich mich wie sonst nur bei Opa – als sei er wieder da. Ich wusste, dass ich nicht weglaufen würde. Ich hatte eine Aufgabe. Ich wurde hier gebraucht.

War es das, was Opa gemeint hatte? War es meine Aufgabe, auf Kira aufzupassen und sie notfalls vor unserem Vater zu beschützen? Oder war ich einfach nur ein Kind mit viel zu viel Fantasie und wir waren eigentlich eine ganz normale Familie?